KB095280

Harmony in the Rough Waves

거친파도 속의
하모니

①

행복의 나라로

Harmony in the Rough Waves

거친파도 속의
하모니

①

신형범 지음

좋은땅

prologue

거친파도와 같은 험하기만 한 세상 속에 살고 있는 우리의 젊은이들,

그래도,
이 사회의 모든 젊은이들은
이 저자보다 훨씬 좋은 환경과 사회에서 살아온 사람들입니다.

그러나
현실을 힘들어하며 살아가는 사람들이 너무도 많은 것 같습니다.
그러기에,
생에 가장 중요하고 소중한 사랑하는 사람과 함께하는 결혼과 자녀라는
것도 잊어버리고 사는 세상이 되어 버리고 말았습니다.
힘들게 사는 모든 사람들은 능력이 없어서가 아닙니다.
단지 잠깐 자신의 가장 소중한
"생각"이라는 것을 잊어버렸고 헛되게 "시간"을 낭비하였기 때문입니다.

바다에 나가 거친파도에 빠졌을 때,
무서워하면 그 거친바다를 절대로 빠져 나올 수가 없습니다.
하지만 거친파도에 빠져도,
신속한 생각과 행동으로 정신만 바짝 차리면 그 험한 바다도 이길 수가
있습니다.

이렇듯,

우리의 삶에 있어 가장 큰 자산은 "생각"과 "시간"입니다.

"생각"만 있으면,

그 어떤 어려움도 이길 수 있으며,

"시간"을 소중하게 생각하면,

그 어떤 희망과 목표도 달성할 수가 있습니다.

절대로,

자신에게 가장 소중한 큰 자산인 "생각"과 "시간"을 버리지 마십시오,

여기

"거친파도 속의 하모니"에는

어려운 역경 속에서도 "생각" 하나로, 그리고 "시간"을 죽이는 신속한 업무 처리로,

그 어려움을 이겨 낸다는 이야기들로 그려 낸 글입니다.

"거친파도"와 같은 현 사회에

모든 사람들에게 작은 "등대"가 되기를 바라며~~~~~~

그러나

박 이사는 예전의 모습은 전혀 나타내지 않고 아주 친근한 표정으로,

"빨리 쾌차하셔서 회사에 다시 나오십시오.

회장님께서도 무척 기다리십니다."

라는,

의외의 말을 하기에,

신유성은 어이없어 하며,

"그게 무슨 말이오.

난 이미 그곳을 떠난 사람입니다."

그러자,

박 이사는,

"이제, 지난 불편한 일은 다 잊고 다시 돌아오십시오.

회사도 예전보다 훨씬 활기차고,

우리 회사의 전망도 모든 증권사나 기업에서도 높게 평가하고 있습니다.

신 팀장이 돌아오셔서 회사와 함께 하시면 모두가 좋을 것입니다."

그렇게 **박 이사**는 계속 회유를 하지만,

신유성의 표정은 계속 굳은 상태로,

"**박 이사**, 이제 그만합시다.

난 그 회사 잊어버린 지 오래고 다시는 생각조차 하기 싫습니다.

그리고

내가 개발한 아이템은, 물론 그 분야의 생각은 이미 내 머릿속에서,

지워 버린 지 오래이니, 만일 내가 그 아이템에 대하여 다른 곳에 가서 개발할 것을 우려하신다면

그것은 절대로 걱정을 하지 않아도 됩니다.

그럼, 이만 돌아가 주십시오."

하자,

박 이사는 금방 인상이 험악해지며,

"정 이렇게 남의 호의를 무시하면 좋지 못할 것이야!"

하며,

바로 반말로 나온다.

그러자,

신유성도,

"웃기는 놈이구먼,

야, 이 친구야!

네놈이 지난번 회사를 뒤집을 때 데려온 양아치들을 생각하며

큰소리치는 모양인데 얼마든지 데려와,

그때는

내가 회사의 직원이었고,

또 그 양아치들이 나에게는 아무런 잘못을 하지 않았기에 가만히 있었지만, 지금은 사정이 달라!

미친놈!

어서 꺼져, 여긴 병실이야!"

하며 **신유성**이 뜻밖에 큰소리를 치자,

"어! 이놈 봐라, 그래 어디 두고 보자."

하면서 씩씩 대며 나가 버렸다.

그러자,

함께 병실에 있던 옛 직원들은,

뜻밖에 **신유성**의 큰 소리에 의아해하면서도,

그자가 회사에 조폭 같은 자들을 데려와 난폭하게 군 것을 알기에

조금은 두려워하는 표정들이기도 하다.

이에,

김성우가,

"**팀장님**, 괜찮으시겠어요?"

하니,

신유성은

빙그레 웃으며,

"쓰레기 같은 놈들, 걱정할 거 없어!"

　지금 회사 경영진은 **신유성**이 구상한 '주택 자동화 시스템'에 대한 개발로
회사가 커지자 서로의 욕심으로 분열이 되었고,

　그 당시,

　경영진의 불화로 설마 일개 팀장이 자진해서 회사를 나갈 것이라는 것은,

상상도 못했는데, 회사 내부의 치졸한 싸움에,

신유성은 미련 없이 회사를 떠난 것이다.

이후,

그 개발품은 아직까지는 완벽하지 않기에,

지속적인 개발을 필요로 하는데 자신들의 힘으로 하여 보려고 했으나

뜻대로 되지를 않자 **신유성**을 회유하여 데리러 온 것일 것이다.

이제,

입원을 한 지 십여 일이 지나고 있다.

신유성은 담당 간호사에게 더 이상 병실에 누워 있기가 싫다고 하니,

아직 다친 곳이 완쾌도 덜 됐지만 보험사고 피해자 보상처리를 함에 있어

입원 기간은 매우 중요하니 계속 있으라 하기에,

그 말에 더욱 있기가 싫어서

모두가 말리는 것을 뿌리치고 그대로 퇴원하고 말았다.

다른 친구들은 **소경환**을 제외하고는 모두 보름에서 한 달 정도는

더 입원하여 치료를 받아야 될 것 같았다.

십여 일 만에 돌아온,

새로 들어온 지 한 달도 채 안 된 나의 보금자리,

'고시원'

들어오자마자,

라디오의 FM 방송을 켜고,

방을 거의 차지하다시피 한 작은 침대에 아직도 통증이 살아 있는
몸을 누이고 한참을 지그시 눈을 감고 있었다.

마침 라디오에서는,
델리버스의 경쾌한 「**코펠리아** 발레 왈츠」가 흘러나오고 있었다.
재미있다.
그래도 직장에 들어가 열심히 살아와 남들에게 뒤떨어지지 않게 살아왔
다고 생각했는데,
이제, 아주 멋진 '고시원'이라는 곳에 누워 있는 신세가 되다니~~~

열심히 정을 들여 키워 온 회사는 경영진들 간의 싸움에 다른 경영진 손
에 넘어가 남 좋은 일 만 만들어 주었고, 그동안 익혀 온 설계 분야의 업무
도 이제는 미련이라는 것은 조금도 남아 있지 않았다.

그동안 취업을 하려고 여기저기 이력서를 넣어 보았으나 재취업이라는
것은 첫 취업하고는 너무도 차이가 많은 것 같았다.

그래서
여기저기 아르바이트를 하다가,
겨우 택배로 자리를 잡는가 했더니
또 이번 사고로 택배와도 영영 이별을 하여야 할 것 같다.

그래서 더욱 즐겁다.
자~ 이제부터 새로운 시작이다.

2. 이상한 인연들

얼마 뒤,

퇴원한 **소경환**으로부터 전화가 와서 함께 병원을 찾아갔다.

모두들,

다친 것은 많이 호전되어 이제 얼마 안 있으면 퇴원할 것 같다고 한다.

하지만,

모두 퇴원 후에 취업문제 때문에 걱정들이 많은 것 같았다.

더구나 **윤원식**은 처와 어린 아이들 때문에 걱정이 많은 것 같았다.

모두 직장을 잃은 후 힘겹게 얻은 아르바이트마저 이번 사고로 잃게 되자 걱정들을 할 수밖에 없을 것이다.

또한 지금 함께 있는 **소경환**은,

부모님을 모시고 있는 입장에서 밝을 수만은 없는 상황이다.

병원을 나와,

우리는 **소경환**이 가자는 시내 커피숍으로 갔다.

소경환도 처음 가는 곳인지 커피숍을 찾는 데 한참이 걸렸다.

작지만 예쁘고 깨끗한 커피숍이었다.

자리에 앉자 커피숍 주인 같은 여자가 **소경환**을 보고 반갑게 맞아 주었다.

"어서와, 반가워라."

"누나, 나도 반가워요. 한참을 찾았네요."

여자가 **신유성**에게 고개를 숙이며 인사를 하더니 **소경환**의 옆자리에 앉았다.

그리고

"안녕하세요!" 하며 여자가 인사를 하기에,

신유성도,

"안녕하세요. 반갑습니다."

자그마하지만, 인상이 좋은 여자였다.

소경환이,

"**팀장님**, 우리하고 같이 병원에 있던 누님이에요."

그러자, **신유성**이,

"어? 간호사님?"

"아니, 같이 사고 나서 다치신 분이에요, 우리 바로 뒤차예요."

"아, 그래요? 그럼 좀 살살 부딪치시지 않으시고…. 흐흐."

라고 이야기하자,

"에구 그러게요,

선생님하고 **경환**이 동생이 타고 있는 줄 알았으면

살살 부딪칠 것을요, 호호호."

"아님, 더 세게 부딪쳤으면 같이 저승에 가면 외롭지 않았을 텐데, 하하."

"그렇네요, 호호… 저, 인사할게요. **남효주**입니다."

"아~ 네, 저는 **신유성**입니다."

이렇게 인사를 한 우리는 오랜만에 즐거운 대화를 나누고 헤어졌다.

경환이와 헤어져 천천히 걸어가는,

신유성의 발은 목적지도 없는 것 같았다.

이른 봄의 하늘에서는,

눈부신 강한 햇빛이 내려와 복잡한 도로 위를 기분 좋게 점령하고 있었다.

내가 지금 가는 곳은 어디지?

고시원?

생각하니 미소가 만들어지고 있다.

어쩌면,

모든 것이 가벼운 지금이 제일 행복한 시기가 아닐까?

왜?

또 새로운 목표들이 많이 있으니….

그리고

또 이러한 시기가,

내 마음과 생각을 또 다시 가장 확실하게 믿을 수 있는 시기이기도 하고….

천천히 걸어가는 **신유성**의 귀에는,

"마스카니"의 오페라 「**카바레리아 루스티카나**」 중

간주곡인 「**햇빛 쏟아지는 벌판**」의 평화롭고 아름다운 멜로디가

그의 마음을 더욱 즐겁게 하여 주고 있었다.

3. 해적 팀의 출범

그로부터 보름 뒤,

우리는 모두 퇴원한 뒤 **남효주** 씨 커피숍에서 만나게 되었는데

그 자리에는,

우리 팀 외에 당시 **남효주** 씨와 함께 사고를 당했던

그녀의 친구들도 함께 와 있었다.

남녀 모두 10명 이상이 되는 제법 큰 모임 같았다.

우리는 모두 인사를 나눈 뒤,

사고 당시의 이야기와 보험회사로부터 받은 보상비용 이야기 등,

긴 시간을 시간 가는 줄 모르고 이야기한 뒤,

우리 팀은 자연스럽게 앞으로의 문제에 대하여 이야기를 하게 되었다.

모두 보험회사로부터 작은 보상금은 받았지만 앞으로 닥쳐올 기나긴 무거운 장래가 모두에겐 가장 중요한 문제였다.

이때,

신유성이 남자 팀 모두에게 제안을 하였다.

"지금까지 우리는 각자의 회사에서 각기 다른 업무를 하고 살아왔다.

그리고

모두 실직을 한 뒤도 각자 다른 아르바이트나 택배 등의 일을 하면서 어렵게 여기까지 왔다.

그리고 모두 한순간에 큰 사고를 당한 위기를 맞기도 하였다.

그러나 우리는 지금,

거친파도 속의 내려가는 파도를 타고 있는 것뿐이다.

그 파도는 다시 올라가게 되어 있다.

이제 내가 자네들한테 제안하는 것은,

이 위기를 최고의 기회로 만드는 계기로 만들면 어떻겠냐?"

라고 이야기를 하자,

모두들 좋다고는 하면서도,

그러나 그것이 어떻게 가능하겠냐는 반응이었다.

이에,

신유성은 다시,

"그래,

처음은 그냥 추상적인 이야기일 수도 있다.

하지만,

생각이란 무엇이든지 할 수 있는 힘을 가지고 있다.

각 분야의 경험이 있는 우리 모두의 생각을 합치면 그 어떠한 어려움도 극복할 수가 있고 우리가 생각하고 있는 목표도 달성할 수 있을 것이다."

라고 이야기하자,

신유성이,

"좋아요, 이 정도면 충분할 것 같아요.

그럼 지금부터는 여러분들이 제안하신 분야의 현재의 문제점을 찾아 발표하여 주세요."

라고 하자, 한동안,

각자 생각들을 하더니,

먼저,

남효주가,

"홈쇼핑은 편해서 모든 사람들이 이용을 하지만 결제, 배달, 품질, 그리고 요즘 사회문제가 많이 되는 '개인정보가 필수로 들어가야 한다는 단점이 있는 것 같아요."

이렇게 발표하자,

신유성이,

"아가씨, 대단하네. 잠깐 사이에 중요한 문제점을 다 이야기하다니….

흐흐흐 이 커피숍 경영하는 것 가지고는 안 될 것 같은데… 흐흐."

그러자,

남효주가

"아가씨가 뭐예요! 누님 같은 사람에게, 호호호."

그래서 모두 한바탕 웃기도 하였는데,

남효주의 답변 이후 너도 나도 자신이 제안한 분야에 대한 문제점들을 이야기하기 시작하였다.

함께한 사람들은,

우리 생활과 관련된, 그리고 우리가 현재 생활 속에 이용하고 있는 다양한 분야에 평소에는 생각하지도 않은 많은 문제점이 있는 것을 보고 뜻밖인 것 같은 표정들을 짓기도 하였다.

발표가 끝난 뒤,

유성이,

"여러분들이 이 짧은 시간에 말씀하시는 것을 보니

우리가 추진할 프로젝트에 대한 느낌이 아주 좋네요.

지금 우리의 자산은 생각입니다.

새로운 사업을 추진함에 있어 생각보다 더 큰 자산은 없습니다.

그리고

사업의 성공 비결은

우리가 하게 되는 어느 분야든,

무조건 1등을 하여야 합니다.

2등은 아무런 소용이 없습니다.

비록 우리 생활 속엔 많은 분야들이 있지만 사업의 방법을 남이 하지 않는 우리만의 방법을 개발하여 승부와 희망의 모든 것을 완성하여야 합니다.

또한 사업을 함에 있어 가장 중요한 것은 시간입니다.

시간을 낭비하며 하는 사업은 절대 성공할 수가 없습니다.

지금 우리는 이미 시작을 하였습니다.

지금부터 정확하게 1개월 뒤엔 1단계 프로젝트의 성공이 목표입니다.

즉,

1개월 뒤엔 적어도 손가락은 빨고 살지 않아야 된다는 이야기입니다.

이제 각자 돌아가 자신이 발표한 분야의 세부적인 사항을 조사하여 주시고 사업화가 가능하다면 간단한 계획도 부탁드립니다.

　그리고 다음 주 토요일 오전 10시에 이곳에서 다시 만나기로 합시다.

1개월 승부에 1주일이면 매우 긴 시간입니다.

그동안 최대한으로 시간을 죽이며 사는 기간이 되기를 바랍니다.

나는 지금부터 할 일이 태산이니 이만 실례하려 합니다!"

하면서 자리에 일어나더니,

처음 들어왔을 때,

윤원식이 대신 받아 온,

신유성의 보험회사 보상금 3백만 원 중 2백만 원을 **윤원식**에게 주면서,

"미안하지만 이거 **박상철**에게 좀 전해 주라."

하니,

원식의 얼굴이 사나워지면서,

"**팀장님**, 미쳤수?

그 새끼 때문에 재산 몽땅 날리고 '고시원'에서 살고 있으면서

이 돈을 그놈에게 갖다 주라니!"

하면서 **유성**에게 큰소리를 친다.

　그러자 여자들이 놀란 듯,

"고시원?" 하면서 서로들을 쳐다보고 있다.

순간적인 이런 상황에서,

신유성이 **윤원식**에게,

"야, 이놈아!

상철이가 나한테 일부러 사기를 쳤냐!

그놈 지금도 나에 대하여 미안함 속에 살고 있고 또 처자식하고 고통 속에 생활하고 있어!

아무 소리 말고 갖다 주고 조금만 참으라고 위로나 해 주고 와.

이 프로젝트 시작하면 내가 다시 데리고 올 거야.

그 녀석은 IT 분야 전문가이기에 우리 프로젝트에 많은 도움을 줄 수도 있어!

내가 이 프로젝트를 하는 가장 중요한 이유가 무언 줄 아니?

그놈 돈 벌게 해서 내 돈 받아 내려고 하는 거야!

알겠니?"

라고 웃으면서 말하고,

일행들을 뒤로하고 신유성은 밖으로 나갔다.

갑자기 모르는 전화가 왔다.

"여보세요."

"아~ 안녕하세요." 뜻밖에 여자의 목소리가 들린다.

"어, 누구세요?"

"어머, 섭섭해라, 저 커피숍이에요."

"아, 그때 그 아주머니…."

"어머, 뭐예요? 아주머니라니요."

조금 토라진 목소리다.

"아, 그때 제가 아가씨라고 했다가 야단맞은 것 같아서… 하하."

"호호, 그거 아직 기억하시네요. 지금 어디세요?"

"네. 지금 제 궁전에 있어요."

"저 지금 그리 가면 안 되나요?"

"네, 여기요?

에구, 큰일 날 소리! 여기에 오시면 둘이 포개어 있어야 돼요."

"그럼 우리 집으로 오시면 안 되나요?"

"네? 집으로요?"

"네, 선생님 집으로 오지 말라고 하시니… 호호호."

"으이그 장난꾸러기시네,

허면, 제가 지금 커피숍으로 갈게요."

"네, 그럼 지금 빨리 오세요."

한가한 오후 시간의,

커피숍에는 "프랭크 밀스"의 아름다운 「시인과 나」 멜로디가 흐르고 있었다.

남효주는 한쪽 구석진 자리에 조용히 앉아 있었다.

신유성이 앞자리에 앉자,

남효주가,

"우리도 다른 커플들처럼 내 옆에 와서 앉으면 안 돼요?"

하며 앉자마자 시비다.

그러자,

신유성이, 웃으며,

"안 돼, 나 손버릇이 나빠서~~~"

"어! 이젠 반말!"

"흐흐 그럼, 내가 오빤데~"

"흥, 알았어요.

이제부터 오빠가 얼마나 힘든 건지 똑똑히 보여 드릴게요, 호호

그나저나 그간 잘 지내셨어요?

아마, 큰소리치고 가셨으니 계속 고민만 하셨겠지요, 그쵸?"

"헉, 귀신이네."

셀프 커피숍인데,

이곳에 대장하고 같이 있다 보니 종업원이 커피를 갖고 왔다.

"우리 동생하고 같이 있으니 좋은 점도 있네~~~ 흐흐."

"다음엔 커피 값 더블로 받을 거예요. 호호."

며칠 만에 만난

두 사람은 마치 오래된 사이처럼 재미있는 대화를 이어 나갔다.

그러다,

남효주가

"저랑 함께 나가요!"

"어딜? 나 지금 무척 재미있는데….”

"비밀!"

둘은 함께 커피숍을 나와 건물 옆 주차장에서 **남효주**의 차에 올랐다.

차는 깨끗한 새 차 같았다.

신유성이,

"와, 차가 예쁘고 좋네!"라고 하니,

남효주가 웃으며,

"호호~ 사고도 날 만하네요, 덕분에 새 차를 타게 되었으니,

이차, **유성** 씨가 첫 손님이에요.”

"크, 영광이 아니라, 바가지 쓰는 건 아닌지 모르겠네… 흐흐.”

"호호… 과연… 센스는 짱!"

6. 놀라운 앵두의 반칙

차는 시내를 빠져나가 주택이 가득한 동네로 들어갔다.
그리고 적당한 곳에 차를 주차하고 두 사람은 차에서 내렸다.

"여기가 어디야?" 하고 **신유성**이 묻자,
남효주는 웃으면서,
"보물창고!"
하면서 간단히 대답했다.
그러면서,
"이제부터 잘 살펴보세요. 여기는 우리 주위에 가장 흔한 동네예요.
그리고 여기서 저 오른쪽으로 조금만 나가면 재래시장이 나오고, 길 주변에는 식당, 제과점, 치킨 집 등 다양한 업종들이 주민들을 기다리고 있어요."

그런,
남효주의 말을 듣고 **신유성**은 **남효주**의 의도를 알 수 있었다.
그러면서, 속으로,
"대단한 여자다."라는 느낌이 순간적으로 머리에 오고 있었다.
그날 하루 잠깐의 이야기로 이렇게 혼자서 다양한 그림을 그려 가면서
현장까지 살펴본다는 것은 일반 기업의 간부급 직원에게서도 보기 힘든
실력이다.

"어? 이거 **완전히 반칙**인데,

하지만 대단해. 동생이 아니라 완전히 싸부님이네…."

그러자

남효주가,

"역시 우리 오빠는 정말 멋져요.

내가 아무 말도 안 하고 그냥 이곳까지 와서 함께 다닌 것뿐인데

벌써 모든 걸 다 아셨네요.

으이그, 무서운 사람!"

"그럼 우리 시장에 들어가 상인들을 만나 볼까?"

우리는 시장 안에 들어가 야채, 정육, 과일 등 각 상점의 상인들을 만나 이야기를 나누어 보았다.

대화의 주 내용은,

"당신의 매장 상품을 주문을 받아 팔아 주는 곳이 있다면 어찌 생각하느냐?"

"그럴 경우 몇 %의 수수료까지 가능하느냐?"

"당신의 매장을, 마을 주민들에게 홍보하여 줄 수 있는 매체가 있다면?"

등 기본적인 항목을 즉석에서 만들어 질문을 하였다.

그러나

많은 상인들은 의외의 사람이 와서 말을 붙이니 귀찮아하는 상인들이 많았지만 그래도 몇몇 대화에 응한 상인들은 매우 긍정적으로 생각하고 대화를 나눌 수 있었다.

결과,

상인들은 소비자가 모두 대형마트를 찾는 바람에

대형마트의 매출은 계속 증가하고 또 이제는 인터넷상의 쇼핑몰에서도 재래시장의 상품을 거의 모든 쇼핑몰에서 취급하기에

재래시장의 매출은 점점 줄어들 수밖에 없는 실정이어서,

이에 정부나 지자체는 재래시장을 살릴 수 있는 모든 방법은 강구는 하고 있지만 별 효과를 거두지 못하고 있는 상황으로 이제는 무슨 뾰족한 방법은 없는 실정이어서 상인들은 하루하루 시름이 가득한 상황 속에서 살아가고 있다고 하며,

따라서 오랜 세월 이끌어 온 가게의 문을 닫는 상점도 계속 늘어가고 있는 것이 지금의 현실이라고 하소연하면서,

어떤 획기적인 방법이 나와 매출이 증가할 수만 있다면,

15%에서 20%의 수수료는 문제가 될 수 없을 것이라는 이야기들을 하였다.

남효주 덕분에 한 오늘의 현장 답사는,

첫 번째 프로젝트인,

재래시장을 중심으로 한 프로젝트를 추진하는 데 있어 너무도 큰 힘이 될 수 있었다.

현장 답사를 끝내고 돌아가기 위하여 다시 **남효주**의 차에 오르자

남효주가

"이제 일을 마무리하여야 하니 오늘은 제가 가자는 대로 따라오셔야 해요."

그러자

신유성이

"어디로 가는데."

하니,

남효주는 쉿 하면서 손가락으로 입을 막는다.

얼마를 지나 차는 어느 아파트 단지 지하주차장으로 들어가 주차를 하고 아파트 엘리베이터를 타고 올라가 두 사람은 어느 아파트로 들어갔다.

신유성은 계속 어이가 없었다.

"이봐, 아가씨! 이거 완전히 납치하는 거 아닌가?"

라고 하니,

남효주는 생글거리며,

"이제사 아셨네요. 호호."

안으로 들어가니 중형의 아파트로 실내는 깨끗이 정돈되어 있었다.

신유성은 거실 소파에 앉으면서,

"으이그, 미치겠네."

하니,

그러나

남효주는 들은 체도 안 하고,

"잠깐 기다리세요."

하며 주방으로 가서 잠시 후 차를 내온다.

그리고 **신유성**의 옆에 앉아 웃으며 **신유성**을 쳐다본다.

그러면서,
"누추한 곳으로 납치해서 미안해요.
하지만, 일은 끝내야지요. 그렇죠?
이제 다음 미팅 일이 3일밖에 남지 않았어요.
오빠와 주택단지와 재래시장을 방문해 보니 왠지 느낌이 좋아요.

오늘,
재래시장 건의 세부계획은 마무리 짓는 것이 좋을 것 같아요.
그래야,
우리 오빠 짐이 덜어질 것 같아요."

신유성은 조용히 미소를 지은 채 **남효주**만을 바라보고 있었다.
그리고 속으로,
"이쁘다. 그리고 대단한 여자다."
그렇게 혼자서 생각하며 즐기고 있는데,
갑자기,
남효주가
"갑자기 벙어리가 됐어요? 너무 조용하니 이상해요."
그러자
신유성이
"천만에. 지금 계속 동생과 얘기하고 있었어.
동생과 대화를 할 때, 내 말은 하나도 필요 없을 것 같아."

나, **동생**이 너무 피곤하고 힘이 드는 것 같아.

내가 너무 미안해서 빨리 쉬라고 부리나케 나왔는데."

라고 말하니,

"멍청이!"

하면서 가려는 것을

유성이 팔을 붙잡아 당기면서,

"그냥 가면 어떡해!"라고 조용히 얘기하니,

"봐요, 오빠도 지금 그렇게 얘기하고 있잖아요."

순간,

유성은 자신이 **효주** 집에서 아무 말 없이 나온 건 잘못됐다는 것을 느낄

수 있었다.

"**동생**, 정말 내가 멍청이였네.

우리 다시 집으로 돌아가서 나오는 시나리오를 다시 쓰면 안 될까?"

그러자,

효주는 피식 웃으며,

"빨리 차에나 타요."

그러면서 **효주**가 운전대에 앉자, **유성**도 옆자리에 앉으면서.

"어디 가는 건데?"

하고 묻자,

효주는 태연히,

"집에요."

그러자 **유성**이

"다시 가는 거야?"

하고 물으니,

효주는 태연히,

"아니요, 오빠 집에요."

하기에,

유성이 놀라면서,

"고시원에?"

하고 물으니,

효주는 태연하게,

"네. 고시원에요."

그러자, **유성**이 어이가 없는 듯,

"고시원 우리 층에는 **여자**들은 못 들어가."

"그래도요. 어서 가는 길이나 가르쳐 줘요."

유성은 고개를 절레절레 흔들며,

"좋아, 알았어!"

하면서 체념한 듯 길을 안내하였다.

얼마 후

고요한 고시원에 도착한 두 사람은 조용히, 조용히 **유성**의 방으로 들어갔다.

복도에는 다닥다닥 출입구가 붙어 있고 어느 방에선가는 코를 고는 소리도 들려 나오고 있었다.

방에 들어가자

유성은 커피포트에 물을 끓이고 종이컵에 커피를 타고 있는데,

지금 나의 상황에 대하여서는 동생이 조금은 잘못 생각하고 있어.

고시원?

그곳은, 항상 내 마음을 단단하게 하여 주는 등불이야.

그리고

모두들 나쁜 말로 비난하는,

나를 그곳에 오게 만들어 준 예전 직장의 직원도 나는 고맙기만 해.

남들은 내가 그 직원의 부채에 보증을 서 주어서 모든 걸 날리고 고시원에 와서 고생을 한다고들 하면서 이야기하는데,

나는 절대로 그렇게 생각을 하지 않고 있지.

주위에서 그렇게 말한다는 것은 그 사람이 비난하는 그 친구 이전에,

곧 나를 멍청한 놈이라고 말하는 것과 다름이 없는 말이라고

나는 생각해.

내 능력으로 어려움에 처한 그 친구를 도와줄 수 있어서

그것이 내 마음을 푸근하게 하여 주었고,

또,

이런 상황이 되었기에 또 다른 목표도 만들게 되지 않았을까?

무에서 유를 창조해 낸다는 것,

사람이 살아가면서 이것처럼 기분 좋은 승부가 또 어다 있겠니?

그러기에,

고시원은 이러한 승부를 만들어 주는 가장 중요한 재산이기도 하지.

승부의 기본은 생각인데, 집이 넓으면, 집에 들어가 이곳저곳도 치워야 되고 또, 눈에 보이는 이것저것도 신경 써야 하지만 고시원에 들어가면 할

수 있는 것은 생각밖에 없으니 얼마나 좋아."

내 말을 듣고 있는 **효주**는 이해를 하는 표정인지, 어이없어하는 표정인지 알 수 없는 야릇한 표정을 지으며 듣고 있다가,

"내가 오빠를 제대로 보았는지, 멍청하게 보았는지 답이 나오지 않네요. 나 평생 이래 본 적이 없는데…. 호호."

하면서,

느닷없이 **신유성** 옆에 바짝 와서 앉더니 두 손으로 **신유성**의 손을 잡는다. 그녀와 만난 후 처음으로 잡아 보는 손이다.

그러면서,

효주는

"참, 이번 토요일 커피숍은 임시로 휴업하기로 했어요."

그 말에, 깜짝 놀란,

신유성이

"뭐?"

하며, 할 말 잊고 말았다.

(정말 고마운 여자다.)

신유성이,

"정말 이쁘네,

헌데,

나중에 나보고 커피숍 매상 내놓으라고 하는 건 아니겠지. 흐흐."

그러자,

효주가

"내가, 오빠가? 호호."

"역시, 우리 동생이야, 나를 아주 정확하게 보았으니… 하하."

그러니 **효주**도 배꼽을 잡고 웃는다.

"이번, 내 최종 목표는 단 하나야."

그러자,

효주가,

"그게 뭔데요?"

"그거는 절대로 비밀!"

하며 웃으니,

효주가,

"칫~~"

하면서 토라진 표정을 한다.

이렇게 두 사람은 재미있게 대화를 나누다

효주가 방으로 안내해 한잠 자라는 것을 사양하고

유성은 그대로 소파에서 몸을 누이고,

효주는 자신의 방에 들어가 휴식을 취한 다음,

두 사람은 **효주**의 집에서 **효주**가 정성껏 만든 음식을 먹으며,

유성은

오랜만에 하루의 시간을 즐겁게 보낼 수 있게 되었다.

8. 또 다른 삶의 방정식

이제 **거친파도**를 넘기 위한 실질적인 첫 번째 만남인,

토요일 오전,

우리 '**해적**'들의 모임을 위하여

남효주는 오늘 커피숍을 임시 휴업을 하였다.

커피숍은 '**해적**'들의 모임을 위하여 테이블과 의자를 질서 있게 배치하고 그 정면에는 **신유성**의 프로젝트 설명을 위한 임시로 **작은** 단상도 만들어 놓았다.

지난번 왔던 그 팀과 또 몇 명의 남자팀, 여자팀의 새로운 사람들이 함께 하여 20명 가까운 제법 많은 사람들이 자리를 함께하고 있었다.

헌데

김성우의 얼굴이 보이지 않았다.

그래서 **김성우** 하고 절친한 **이정근**에게 물었더니, **이정근**은 **김성우**가 오 랫동안 사귀던 여자친구가, **성우**가 직장을 그만둔 후부터 서운하게 대하기 시작하더니 얼마 전 헤어지자고 하여,

그 뒤부터 **성우**가 모든 걸 포기한 채 힘들게 살고 있다고,

유성에게 조용히 얘기하였다.

그러자,

신유성이,

하며 **신유성**에게 꾸벅 고개를 숙이자,

자리한 일행들 모두가 박수를 쳤다.

함께한 여성 일행 모두의 얼굴에도 밝은 미소가 그려지고 있었다.

그러자,

신유성이,

"주인 아줌마, 우리 '**해적**'들에게 여기 맛있는 음료수 한 잔씩 돌려주세요.

이건 내가 쏩니다."

라고 말하니.

남효주가, 웃으며,

"쳇, 여기가 막걸리 집인가!

주인 아줌마가 뭐야!"

하여,

커피숍은,

또 한바탕 웃음바다가 되고 말았다.

9. 해적들의 하모니 제1악장

어느 정도의 시간이 흐른 뒤,

실질적인 최초의 프로젝트 미팅이 시작되었다.

남자 8명, 여자 10명, 모두 18명이 '**해적**'팀의 최초 회의 참석 인원이다.

처음 계획보다 너무 기분 좋은 시작이고,

참가 인원 모두 전문직 종사 경험과 성격 또한 모두 밝고 활발했다.

처음,

신유성의 발언으로 시작하였다.

아니,

오늘은 거의 **신유성**의 설명으로 이 모임이 진행될 것 같다.

"먼저,

지금 우리는 '**거친파도와도 같은 세상**'에 살고 있습니다.

국가의 기본인

정치권은 능력도, 원칙도, 질서도 없이 마치 결사적으로 자신들의 이익만

찾는 장사치들 같은 행동으로 일관하고 있습니다.

이에 나라는 남북 분열보다 더욱 심각한 분열을 보이고 있고,

각 정권마다,

국가 경제를 발전시킨다고, 첨단산업이니, 4차 산업이니 하면서,

아르바이트를 전전하는 젊은 세대들과, 중년의 퇴직자, 여성 계층, 그리고 우리 사회에서 소외된 계층의 미래는 완전히 외면을 하고 있습니다.

이러한 시대,

안정된 직장도 없는 젊은 세대들이 어떻게 결혼을 할 것이며,

중년의 퇴직자, 여성과 소외된 계층이

어떻게 안정된 미래를 그릴 수 있겠습니까?

지금 세계 경제는,

질병과 국가 간의 전쟁 등으로,

세계 모든 국가들이 최악의 경제 대란 속에 국가 간의 치열한 경제 전쟁이 벌어지고 있는 것이 지금의 현실입니다.

이에 수출에 의존하는 우리 경제는,

더욱 큰 타격을 받을 수밖에 없고 암울한 경제는 우리 국민들을 고통 속에 내몰고 있습니다.

이러한 위기의 시대,

정부에서 그저 형식적으로 떠드는,

첨단산업이니 4차 산업이니 하는 신산업이 중요한 것이 아니고,

우리 국민 모두에게 안정된 일자리를 만들어 줄 수 있는 우리나라만의 새로운 **신사업**이 필요합니다.

이렇게,

정부에서는 그저 국민들을 현혹하기 위하여 신산업, 신산업만 부르짖는데,

정작 중요한 것은 '신산업'이 아니고 우리에게 맞는 '**신사업**'입니다.

국민 모두에게 안정된 일자리와 행복한 미래를 만들어 줄,

'신사업'

이제 우리들의 힘으로 만들어 나갑시다."

그러자,

커피숍 안의 모든 사람들이 힘차게 박수들을 친다.

잠시 후,

신유성은 다시 말을 이어 나갔다.

"이제부터,

우리는 세 가지의 사업을 추진하여 나갈 것입니다.

현재 인터넷은 우리 생활의 한 부분이 되었습니다.

그 인터넷이 편하여 그런지, 아니면 그것을 모르면, 또는 그것을 사용하지 못하면 바보라는 소리를 들을까 봐 그런지는 모르지만 너도나도 인터넷을 이용하고 있습니다.

하지만,

인터넷 쇼핑들을 이용하다 보면

너무도 많은 문제점을 발견할 수가 있습니다.

그러나 이제는 그 불편함을,

느끼지 못한 채 모든 국민들은 습관 속에서 인터넷과 함께 살고 있습니다.

이제 우리는 그 인터넷으로 인한 모순을 제거하기 위한 세 가지 프로젝트로 새로운 세상의 도전을 시작할 것입니다.

그, 첫 번째 사업은,
여기 **남효주** 씨가 프로젝트 명을 지은
'**우리동네**' 프로젝트입니다.

'**우리동네**' 프로젝트의 개요는,
이제 인터넷이 우리 생활 속에 들어온 것도 벌써 상당한 시간이 흘러,
이제는 우리 생활 곳곳에 인터넷이 없는 곳은 거의 없습니다.
그러나
우리가 보기엔,
온라인 쇼핑이 거의 모든 상거래를 장악하였다고 생각하지만
아직도 우리들의 동네에 살림을 주도하는 계층 중,
50~60% 이상은
나이가 많은 세대이거나, 또는 컴퓨터나 인터넷이 없는 세대,
그리고 컴퓨터나 휴대폰이 있어도 인터넷에 서투른 사람 등
많은 사람들이 인터넷 쇼핑과는 거리가 먼 이야기 속에서 살고 있습니다.

몇 년 전 TV와 지하철 등의 공익광고에,
'**우리 동네에서 사야 우리 동네가 삽니다.**'라는 지역경제를 활성화시키기 위한 공익광고가 있었습니다.

그러나 점점 더 편리하여지는 인터넷 세계에선 대형 쇼핑몰은 점점 커지

고 있지만 우리 동네의 재래시장이나 상점들은 점점 죽어만 가고 있습니다.

어떡하면 우리 동네의 지역 경제를 살릴 수 있을까?
고심하며 연구한 끝에 비로소 그 답을 찾을 수가 있었습니다.
그것이 바로 '**우리동네**'입니다.
온라인 쇼핑보다 편리하고,
작은 물건을 하나 사도 개인정보를 요구하는 인터넷 쇼핑과는 달리
개인정보가 전혀 필요치 않고,
우리 동네이기에 온라인 쇼핑과는 비교도 되지 않게 빠르고,
결제 또한 인터넷 뱅킹이니 하는 복잡한 것도 없고,
또 우리 동네이기에 그 옛날의 인정이 담겨 있는 외상거래도 가능한,
'**우리동네**'가 동네 상인이나 동네 주민들에게 기쁨과 편리를 만들어 줄 수 있습니다.

어느 날, 남편이
"여보 오늘 저녁에 김치찌개나 해 먹자."라고 하니,
아내가 "에구 재료가 하나도 없는데~~~" 하다가,
"아, '우리동네'가 있지." 하고서 '우리동네' 콜센터에 전화를 합니다.
"돼지고기 반 근하고 두부 한 모, 그리고 양파 몇 개만 보내 주세요."
하고 전화를 하자,

얼마 안 있어 주문한 김치 찌게 재료가 배달되어 왔습니다.
물건을 받고 물품 값을 현금 또는 카드로 계산을 하면 끝입니다.
때로는 돈이 없으면 15일까지 외상도 가능합니다.

전화만 하면 등록된 전화이기에 어디라고 이야기할 필요도 없습니다.

구매하는 상점도

주문자가 평소 거래처를 등록해 놓으면 그곳에서 구매하여 배달합니다.

이것이 '**우리동네**'입니다.

지금의 우리 가정!

물건 사러 자주 가는 것도 귀찮아서 대형 쇼핑몰에 가서 한 번에

잔뜩 사다 놓고 냉장고를 꽉 꽉 채워 놓고 **미련하게들** 살아가고 있습니다.

이제 '**우리동네**'가 생기면 그럴 필요도 없습니다.

'**우리동네**'의 이러한 편리한 방식!

조금도 생소한 것이 아닙니다.

우리가 긴 세월 동안 짜장면 등을 시켜 먹으며 그 옛날부터 사용하여 오던, 아주 친근한 방법입니다.

이제

우리가 '**우리동네**' 프로젝트를 추진한다면 우리 가정에 편리를 주면서

지역경제까지 살리게 될 것입니다.

'**우리동네**'는 재래시장을 안고 있는

대략 10,000세대당 1곳씩 "지역 센터"가 만들어지며,

1개 "지역 센터"에는 관리, 배송 등 센터 규모에 따라

10명에서 20명의 소중한 일자리도 만들어집니다.

이렇게 센터가 만들어진다면

서울시만 해도 수백 개의 센터가 만들어집니다.

이와 같이 '**우리동네**' 프로젝트는 가정에 편리를 주면서 지역경제도 살리고 우리에게 소중한 일자리도 만들어 주는 모두에게 아주 친근한 프로젝트가 될 것입니다.

또한

얼마 전,

서울시에는 시민들을 위한다고 '제로페이'라는 것을 만들어 운영하였지만 제대로 되지 않자 이것저것 접목하여 보았지만 시에서는 최초에 생각한 기대 이하의 성과로 막대한 예산만 없애며 좌초되고 말았습니다.

그리고

요즘 온라인 시장에서 가장 문제가 되고 있는 배달전문업체 등이 거의 독점하는 배달비의 횡포도 '**우리동네**'가 생겨나면 적어도 우리 동네만은 그러한 문제도 자연히 사라지게 될 것입니다."

10. 해적들의 하모니 제2악장

"다음 두 번째 프로젝트는

택배 물품을 **편리하게** 받아 주는 **무인수납장치** 프로젝트입니다.

'**무인수납장치**' 프로젝트는

전국 주택단지에 50~60세대당 1개씩 무료로 설치되는

아름답게 설계, 제작된 배달된 상품을 받아 주는 수납 장치로서,

개인정보가 아닌 **세대당 부여되는 고유번호로 온라인 쇼핑**을 하게 됩니다.

이 **무인수납장치**가,

설치되면 배달원도 기존에 1개 배달할 시간에 10~20개 이상을

배달할 수 있으며 야간에 배달할 경우엔 훨씬 많은 배달과 택배 차량으로

인한 교통 체증도 감소되며 일부 아파트 단지의 배달원에 대한 통제 같은

것도 사라지게 될 것입니다.

무인수납장치는 바코드로 자동으로 개폐되는 수납함과

온라인쇼핑을 할 수 있는 모니터 등 첨단 설계로 제작되며,

홈쇼핑 회사나 택배사 등의 수수료와 외부 모니터의 광고 수익 등으로

제작비의 변제, 그리고 관리비용으로 사용하게 됩니다.

이러한

무인수납장치가 전국적으로 설치되면,

수납장치 200개당 1개소의 관리센터가 설치 운영되고 따라서

전국에 약 50,000명 이상의 직접 고용 효과와

30,000명 이상의 간접적 고용 효과,

그리고

년 수조 원 이상의 **무인수납장치** 제조로

현재 불황에 처해 있는 많은 중소 제조업체의 사업 활성화의 기대는 물론,

어쩌면,

이 시스템은 우리나라의

세계 최고의 수출 상품으로도 각광을 받을 수도 있을 것입니다.

또한,

최초 **무인수납장치** 설치는 금융기관의 대출로 설치하며 수익은 홈쇼핑 회사나 택배사들의 수납장치 이용 수수료와 광고수입으로 변제할 수 있도록 계획하면 가능할 것입니다.

본 **무인수납장치** 프로젝트는 국가적 차원에서 추진하여야 하는 프로젝트로서 본 프로젝트가 가지는 효과는 너무도 많이 있을 것입니다.

택배 문제는 그 편리성으로 모든 가정에서 이용은 하고 있지만

또한 그로 인한 다양한 문제점도 만들어지고 있는 것이 현실이기도 합니다.

그리고 **무인수납장치** 프로젝트는 최고의 편리성 외에 현 인터넷 쇼핑의 직간접적인 문제점을 **모두** 해결하며 또한 수많은 일자리를 포함하여 국내의 다양한 분야의 경제 발전에 크게 기여할 수 있는 프로젝트입니다.

또한,

이 사업의 특징은,

1. 대한민국이 세계 최초로 개인의 정보제공이 필요 없는 새로운 온라인 쇼핑시대를 만들어 주고,
2. 대한민국이 모든 가정의 **무인수납장치** 설치로 또 한 번의 IT강국으로서의 위상을 세계에 떨칠 수 있습니다.
3. 수많은 일자리를 만들어 주어 그 어느 산업보다 가장 효과가 큰 고용 창출의 효과를 얻을 수 있는 것은 물론,
4. 불황에 허덕이는 중소 제조 업체에 활력을 줄 수 있습니다.
5. 본 **무인수납시스템**은 우리나라 경제의 중요한 활력소인 소비경제를 크게 향상시키면서,
6. 첨단 인터넷 편의시설을 모든 국민들에게 평등한 편리를 제공합니다.
7. 그리고 본 **무인수납장치**는 전 국민의 생활의 질 향상은 물론, 현 택배로 인한 택배사의 갑질 등 많은 문제점 제거하여 줄 것입니다."

11. 해적들의 하모니 제3악장

"세 번째 프로젝트는

파워레디라는 이름의 애플리케이션 프로젝트입니다.

파워레디는 영어로 **Power Ready**로

모든 것이,

해적처럼 강하고 또 완벽하게 준비가 됐다는 우리 해적의 브랜드 명입니다.

'**파워레디**' 프로젝트는,

우리 젊은이들에게 꿈을 만들어 주면서,

'페이스북'이나 '트위터'를 능가하는 '**파워레디** 애플리케이션' 프로젝트로서,

지금 우리 생활 속에 가장 큰 공해는 모든 사람들이 편리하다고 생각하며 이용하고 있는 SNS 등 모바일 서비스에 있습니다.

개인정보의 누출은 보편화되어 있고, 금융사기 등 이제 모바일은 그 편리성 이상의 피해를 우리에게 주고 있습니다.

지금,

현대를 사는 사람들은 자신이 관심 있는 분야의 많은 정보들을 필요로 하고 있습니다. 그래서 앱과 웹을 찾습니다. 그러나 이제는 그곳에서도 수많은 정보의 홍수 속에, 검색하는 것이 더 어렵고 때로는 짜증이 나기도 합니다.

그러나,

파워레디 앱은

기존의 모든 앱, 또는 웹과는 전혀 성격을 달리하는 앱입니다.

모든 앱과 웹이 메신저 또는 영업이나 사업적 정보를 뿌리는 목적으로 활용되고 있으나 **파워레디** 앱은 모든 개인이 필요로 하는 정보만을 가져다주는 마법과도 같은 앱입니다.

파워레디 앱은 출발지와 목적지가 정확한 정보의 고속도로입니다.

기존의 앱과 웹은 많은 정보가 목적지도 없이 출발을 하여

마치 도심의 혼잡한 도로에서 방황하며 손님을 찾는 영업용 택시라면,

파워레디 앱의 정보는 목적지가 정확한 자가용으로 우리에게 필요한 정보가 정확한 목적지를 향하여 정보의 고속도로를 달립니다.

그래서 정보제공자 또는 사업자가 정확한 출발지에서 정보를 출발시키면 그 정보는 정확한 목적지의 이용자에게 도착하게 됩니다.

그래서 **파워레디** 앱은,

국내는 물론,

전 세계 모든 사람들이 사용하여야만 되는 앱,

그리고 전 세계, 모든 사업자들이 현재보다 더욱 발전된 사업을 위하여 이용하여야만 하는 앱,

그래서,

파워레디 앱의 목표는

'페이스북', '트위터'를 능가하는 세계 최고의 앱이기도 합니다.

이 **파워레디** 앱은 개발 및 제작 시에 수많은 젊은이들을 필요로 하고,

만약 **파워레디** 앱이 전 세계 사람들과 기업에 사랑을 받게 된다면

우리의 수많은 젊은이들은, 해당 국가에서 정보 이용자와 각 정보제공자의 관리를 위하여 전 세계를 누비게 될 것입니다.

지금 페이스북이나 트위터의 인기와 필요성은 날로 하락하고 있습니다. SNS나 광고에 의지하는 앱은 한계가 있습니다.

이 **파워레디** 앱은 SNS나 광고 같은 건 전혀 없는 앱입니다.

그러면서도 확실한 수익구조를 갖고 있는 앱이기도 합니다.

스마트 폰을 가진 사람이라면 누구나 쓸 수밖에 없는 앱!

그리고 사업자라면 어느 기업이라도 활용하여야만 하는 앱!

그래서 파워레디 앱은 세계 최고를 목표로 하고 있습니다."

12. 해적선 출항 카운트다운

이렇게 프로젝트에 대한 설명을 마치자,

다시 한번,

박수가 터져 나오고,

여기저기서 감탄사가 나오기 시작했다.

"와~ 대단해요."

"정말 말이 나오지 않네요."

"이 멋진 일들을 우리가 한다니 꿈만 같아요."

그러자,

유성이

"지금까지 얘기한 것은 하나의 추상적인 구상에 지나지 않아요.

이, 추상적인 것을 성공시키려면 우리 모두의 지혜와 인내심이 있어야 할 것입니다."

그리고

다시,

"어때요, 우리 한번 도전해 볼까요?"

하고 말하니,

모두 큰소리로,

"네!~~~~~~"

하고 대답들을 한다.

그러자,

유성이 다시,

"이제 잠시 후 마지막 설명을 하겠습니다."

라고, 말하고,

남효주에게,

"주인장, 저 커피 한 잔 부탁드려도 될까요?"

라고 하니,

"으이그, 주인장이 뭐예요! 이젠, 또 막걸리 집이 됐네!"

라고 웃으며 말하니,

또 실내에 폭소가 터진다.

그리고

남효주 씨가

같이 온 여성 몇 명과 함께 모두에게 커피를 한 잔씩 돌린다.

모두 커피를 마시며,

옆 사람들과 즐겁게들 대화를 나누는 모습들이

앞으로 전개될 이 프로젝트들이 모두에게 기분 좋은 느낌을 주고 있었다.

전면

단상 앞,

의자에 혼자 앉아 있는 **신유성**은

우리가 보급을 하지 않아도 전국의 모든 사업자, 공공기관, 기타 모든 곳에서 자신들의 매출과 홍보를 위하여 자신들이 보급할 수도 있을 것입니다.

이것이
바로 우리 **파워레디**의 수익구조입니다.
지금 제가 말씀을 드린 것은 대략적인 그림일 뿐입니다.

어때요.
소경환씨 이해가 가시나요."
그러자,
소경환은,
"**팀장님**, 정말 상상할 수도 없는 프로젝트입니다.
너무너무 감사합니다."

그러자,
장내에는 박수가 터져 나왔다.

신유성이 다시 말을 이어 갔다.

"아까의
설명을 계속 이어 가겠습니다.
우리가 모든 개발을 끝낸,
이후는 전 세계를 향한 마케팅 전략을 추진하여야 될 것입니다.
이와 같이,

두 번째, 세 번째 프로젝트는 수많은 인원과 자금을 필요로 하기에.

정부의 지원자금도 생각은 하고 있지만,

일단은.

우리 '**해적**'들의 힘으로 추진하는 것을 전재로 기본계획을 세우게 되었는데, 그러기에

최초의 자금 확보를 위한 '**우리동네**' 프로젝트는 전체 사업을 추진하는 데 매우 중요합니다.

지난번,

제가 '**우리동네**' 프로젝트는 1개월 만에 끝내겠다고 말씀드린 바 있습니다.

끝내겠다는 말은 곧,

최초의 수익을 1개월 만에 만드는 것을 말합니다.

이제 2주일이 지났습니다.

지금부터 2주일간 마케팅을 시작할 모든 준비를 끝내야 합니다.

그 준비는,

사무실, 집기, 전화의 기본적인 준비와,

'**우리동네**' **인터넷** 도메인과 데모용 홈페이지, 팜플렛, 기타 홍보물 등

그리고 최초의 영업 계획,

이 모든 것을 이번 주 금요일까지는 완벽하게 마무리하여야 합니다.

이에,

서로 약속을 하여

비록,

내일은 일요일이지만,

이곳에 나와서,

김성우와 **이정근**이 기본 준비를,

윤원식과 **소경환**이 그리고 내일 처음으로 나올 **박상철**이 도메인과 홍보용 홈페이지와 앱 작업을 책임져 주시고, 나머지 팜플렛, 기타 홍보물은 우리 아가씨들 팀에서 도와주시기를 부탁드립니다.

그리고

조금 전에도 말씀드린 바와 같이

이 모든 것을 이번 주 금요일까지 끝내야

다음 주부터 마케팅을 시작할 수 있습니다.

또한,

두 번째, 세 번째 프로젝트 중 본인이 참여하고 싶으신 프로젝트를 정하셔서 신청하여 주시고 아울러 희망하시는 업무 분야도 있으시면 말씀하여 주시기를 부탁드리며,

오늘,

각 프로젝트별 팀이 구성되고,

팀장이 결정되면,

곧바로 일은 시작이 되는 것입니다.

최초 작업을 위한 기본적인 틀은 제가 설명드리겠습니다.

만약,

제 설명이 모자라거나,

부족한 것은,

새로 구성된,

각 팀에서 보강하여 주시기 바랍니다.

이제 우리가 시작하는 프로젝트에 대한 제 의견과 도움은 없습니다.
오늘 말씀드리는 것이 저의 전부이고 또 여기까지입니다.

그 다음은 여러분들의 몫입니다.

이제,
다음 주 중에는 여기 있는 모든 사람들은,
'**우리동네**' 최초의 마케팅에 함께 하게 될 것입니다.

그리고 '**우리동네**' 최초의 마케팅 지역은,
우리 **남효주** 씨가 만들어 주신 ㅇㅇ시장을 끼고 있는 ㅇㅇ동입니다.

이제 최초 마케팅 세부 계획은
시간이 없으니 제가 만들어 보도록 하겠습니다.
질문 있으신 분들은 이제 자유롭게 말씀하여 주시기 바랍니다.

이상입니다!"
하며,
신유성은 설명을 마무리하였다.

함께한 모든 사람들이,
또, 박수를 치면서

"수고하셨습니다." 하면서 **신유성**에게 격려를 보냈다.

신유성은 이제 단상에서 내려와,

테이블 의자에 앉았다.

모두들 활기와 기대가 넘치고

프로젝트에 대한 내일에 밝은 모습들을 보이고 있었다.

그리고

남효주와 여자 일행들은

자신들이 할 수 있는 업무에 대하여 서로 대화를 나누고 있었다.

또한,

대기업에 다니는 **성지하**도 다니던 회사를 정리하고 **해적**팀에 합류하기

로 하자,

모두 대단한 결정을 했다고 박수를 쳐 준다.

신유성은

남자 팀들과 이야기를 하면서,

"○○동에 사무실은 작아도 되지만 배달 차량은 쉽게 주차할 수 있는 곳

으로 정하라."

하고,

봉투를 하나 꺼내서 몰래 **김성우**에게 쥐어 주면서,

작은 목소리로…

사무실은 동네 건물이니 임대료는 별로 비싸지 않을 것이라 하면서,

임대보증금, 집기, 기타 비용으로 사용하라고 하였다.

그러자

김성우가,

"**팀장**님 지금 어려우신데, 어떻게 이걸…."

하면서,

"저희가 조금씩 모으면 되는데."

하며 난처한 표정을 지으니,

신유성이

웃으며,

"으이그, 의리도 있네…. 말이라도 고맙다."

하면서

김성우의 손을 잡아 준다.

그리고,

신유성은,

남자 팀 모두에게,

"내일 내가 **박상철**을 나오게 할 것이다.

이전에 나하고의 관계는 모두 잊어버리고,

계속 예전처럼 친근하게 대하여 주었으면 좋겠네.

지금,

우리에게는,

'**우리동네**' 데모용 앱이나, 데모용 홈페이지를 만드는 것이 가장 시급하다.

그 능력은,

전국적으로도 **상철**이를 따라갈 사람들이 많지가 않다.

내가 도와준 자금은 그 친구의 능력에 비하면 아무것도 아니니 모두 반갑게 맞아들 주시게."

라고 말하자,

모두들,

"알겠습니다. **팀장**님."

하면서 좋아들 했다.

그리고는,

남효주 팀의 자리에 가서,

농담도 하면서 즐겁게들 이야기를 하다,

어느 정도 시간이 지나고,

이렇게 오늘의 미팅은 즐겁게 마무리할 수 있었다.

다음 날,

비록 일요일이지만,

남녀 팀 거의 모두가 나왔다.

그리고

조금 늦게,

신유성과 **박상철**이 커피숍 안으로 들어왔다.

그러자,

예전,

함께 했던 직원들이 모두 **박상철**에게 와서 악수를 하면서 반갑다고

들하고,

여자팀들도 처음 보는 **박상철**에게 모두 반갑다고 인사를 한다.

이제 최초의 '**우리동네**'의 마케팅을 위한,

모임이 시작되었다.

먼저,

남효주가 입을 열었다.

"**우리동네**는 먼저, 가맹점 신청과 주민들의 이용자 접수가 동시에 이루어

져야 할 것 같아요.

그러기 위해서는, 가맹점에 무언가 보여 줄 것이 꼭 필요하므로,

'**우리동네**' 앱을 완성하려면 조금 시간이 걸리니 데모용 앱을 만들어 업소

에 보여 주면서 설명을 하여 신청을 받아야 될 것 같아요.

그때, '**우리동네**'의 간단한 팜플렛이 있으면 더욱 효과가 클 것 같은

생각이 듭니다….

그리고,

가입을 희망하는 가맹점에는 가입 시 가입비를 50만 원으로 하며 가입을

한 업소는 앱에 업소 이름을 넣어 주어 홍보를 하도록 하여 주면, 많은 매출

증대를 꾀할 수 있을 겁니다.

또한,

1개 센터당 가입 가맹점 목표는 100개에서 150개 정도를 목표로 하면, 여

기서 나오는 가입비로 1개 센터의 설립을 위한 사무실 보증금, 집기 컴퓨터

등 비품, 그리고 운송차량 등의 준비 자금으로 충분할 것 같아요.

또,

최초의 '**우리동네**'를 이용하는 매출은 하루에 적어도 천만 원 이상은 되어야 그 수익으로 한 달에 50개 이상의 센터를 늘려 나갈 수 있을 것 같고 그리고 '**우리동네**' 센터가 적어도 50개 이상 되어야, 우리의 두 번째, 세 번째 프로젝트를 만들어 나갈 수 있을 것입니다.

그리고 앞에 얘기한 하루에 천만 원이라는 것은 그것은 배달 매출을 이야기한 것이고 '**우리동네**'의 수입은 그 매출의 15%입니다.

즉 하루 배달 매출 천만 원이면 우리 순수입은 백오십만 원입니다."

이러한,

남효주의 설명에

모든 사람들은 입을 다물 수가 없었다.

모두가 경탄 그 자체이자 또한 **남효주**의 계획대로라면,

우리의 '**해적선**'은 목표를 향하여 순항할 것이라는 희망이 더욱 큰 기쁨을 주었다.

신유성도 속으로 "대단한 **남효주**!" 하면서 탄복을 했다.

그러자,

유영화가

"그리고, 일을 하려면,

전에 **신유성** 씨가 말한 것처럼,

신속이 생명인 거 같아요.

가맹점 모집도 중요하지만, 고객의 모집도 중요하다고 생각해요.

그래서 우리 모두가 동네 곳곳에서 이벤트식 홍보를 하면 어떨까요?"

그 말을 듣고,

신유성이,

"이벤트라면?"

하고 물으니,

유영화가,

"예를 들면,

동네 제과점 앞에 테이블을 놓고

단팥빵과 소보루 판매가가 1,000원씩이라면,

이벤트 테이블에서는 매장 판매가의 10%인 100원씩 파는 거예요.

빵 하나가 단돈 100원이라면 지나가는 주민 누구나 사고 싶어 할 것 아니겠어요?

하지만 판매 숫자는 1인당 5개로 제한하며,

빵을 사시는 사람은 의무적으로 '**우리동네**' 고객가입 신청서를 작성하게 하는 거예요.

그리고,

그때까지 데모용 앱이라도 완성되면 그 자리에서 바로 앱도 고객의 휴대폰에 깔아 줄 수도 있습니다."

라고 말하자,

이정근이

"그럼 빵 값이 너무 많이 들어가지 않나요?"

라고 하니,

유영화가 웃으며,

"그것이 투자 아닌가요?

그러나

우리는 제빵 집을 가입시키고 그 가입비만큼 빵을 구매하는 거예요.

그리고 구매가격도,

소비자 가격이 1,000원이면 오늘 단팥빵과 소보루는 우리가 모두 구매할 테니 얼마에 줄 수 있느냐? 흥정을 하여 구매 가격을 결정하여, 하루에 만드는 단팥빵과 소보루를 우리가 저렴한 가격으로 모두 매입하여 이벤트를 하는 것입니다.

그러면,

제빵 가게 주인 입장에서는 우리에게 빵도 팔면서,

그곳에서

이벤트를 하면 동네에서 그 업소의 광고 효과도 엄청 큰 거 아니겠어요?"

그러자,

교통사고 전까지 백화점에서 근무했던,

김미영이,

"와~ 언니도 대단해!

언니, 그러면 그 이벤트 하면서 센터에 근무할 직원과 주부 배달사원도 함께 모집하면 많은 도움이 되겠네…."

하니,

남효주가,

"와~~ 우리 팀, Good!"

하며 박수를 친다.

그러자,

신유성이

"우리 아가씨들,

진짜 대단들 하십니다.

정말 좋은 아이디어들입니다."

"그리고

그 이벤트 데스크에 간단한 '**우리동네**' 홍보물과 고객 신청 안내,

그리고 직원 모집 안내 홍보물을 부치면 아주 좋을 것 같은 생각이 듭니다."

이렇게,

모두의 생각으로

'**우리동네**'의 마케팅 전략은 점점 생명이 들어가고 있었다.

그리고

또 한 테이블에서는,

오늘,

처음 온,

박상철의 주도 아래,

'**우리동네**'

데모용 앱과 홈페이지 기본 작업을 서로 의논하면서 노트북으로 바로 작업을 하고 있고,

그 옆에 다른 테이블에서는,

가맹점 모집용과, 개인 고객 모집용 팜플렛 도안과 시안 작업을 하고 있었다.

한편,

김성우와 **유원식**은 ○○동네로 나가 사무실을 보러 다니고 있는 중이다.

13. 순간의 작별

그때,

험상 굳게 생긴 네 명의 남자 손님들이 들어와

남효주 팀의 옆자리에 앉았다.

무슨 불순한 의도를 갖고 그 자리에 앉은 사람들 같았다.

이 커피숍은 특히 젊은 커플들에게 많이 알려진 커피숍이다.

더욱이,

일요일에는 주위 회사들이 거의 문을 닫기에,

남녀 데이트 손님들이 대부분이다.

이에 오늘 '**해적**'들의 프로젝트 모임은 구석진 한쪽 공간에서 하고 있었다.

헌데,

지금 들어온 손님들은 중간 공간 넓은 곳을 놓아 두고 구태여 모임을 하고 있는 옆자리에 와서 자리를 잡으니,

미팅을 하고 있는 '**해적**'팀들은 불안한 신경을 쓸 수밖에 없었다.

그때,

종업원이 와서,

새로 온 손님들에게,

"손님들 이곳엔 단체로 예약하여 미팅을 하고 있으니 저쪽 편안하고 조용한 자리로 옮겨 주시면 어떻겠어요?"

하니,

대뜸 한 사람이,

큰 소리로,

"뭐야! 야, 이 새끼야!

손님이 편한 자리에 앉았는데, 네 놈이 뭔데 자리를 옮기라 마라 하고 있어?"

하며 테이블을 손으로 쾅! 하고 친다.

그러자 종업원이 깜짝 놀라고 옆자리에 미팅을 하고 있던 **남효주**의 얼굴은 완전히 사색이 된다.

그리고 미팅을 하고 있는 '**해적**'팀도 모두 겁에 질려 버리고 말았다.

다만 **신유성**만이 태연하게 하던 노트북 작업을 그대로 하고 있었다.

와중에,

끝 테이블에 앉아 미팅을 하던 **성지하**가 태연하게 일을 하고 있는

신유성이 신기한지 옆자리의 **김미영**을 툭툭 치면서

신유성을 보라고 한다.

그러자 **김미영**도 신기한지 손바닥으로 입을 막는다.

그때,

신유성이 **남효주**를 향하여,

"**효주** 씨 지난번 그 동네 지하철이 몇 호선이죠?"

하자,

일행들 모두 **신유성**의 태연한 태도에 어이없어하고,

네 명의 남자패들도 모두 험상궂은 얼굴로 **신유성**을 쳐다본다.

그때,

남효주는

조금 떨리는 목소리로,

"차를 타고 가서 그건 내가 잘 모르겠어요."

하고 답하는데,

그때,

남자들 패거리 중 한 놈이 일어나 **신유성** 자리로 가,

신유성이 작업을 하고 있는 노트북을 강제로 닫아 노트북을 잡으려 하자,

신유성이 일어나면서,

노트북을 잡으려는 그놈의 팔을 내려치고,

다른 한 손으로 얼굴을 가격한 뒤,

오른발로 복부를 걷어차자 그놈은 멀찌감치 나가떨어지고 말았다.

나가떨어진 놈한테 간 **신유성**은 손으로 쓰러진 놈의 멱살을 잡아 일으켜 세우고,

"야, 이 새끼야!

저 새끼들하고 빨리 꺼져!"

하며, 큰소리를 쳤다.

이 모든 것이 전광석화와도 같이 순간적으로 일어난 일이었기에,

우리 일행이나,

그놈들이나,

그리고

다른 테이블의 손님과 종업원들,

모두가

놀라서 아무 말도 못하고 있다.

그러자,

신유성이 그들에게 다가가,

"야, 이 새끼들아,

나 여기에 그대로 있을 테니,

네놈들 ○○파 놈들이지?

빨리 가서 너희 같은 조무래기들 보내지 말고 두목 놈이 직접 오라고 해!

아니면,

네놈들을 사주한 놈에게 가서 빨리 오라고 해!

지금 안 오면 내가 내일 직접 찾아간다고 해⋯."

전광석화같이 순간에 벌어진 일이고,

신유성의 조용한 말에,

놈들은 아무 말도 못하고 조용히 밖으로 나가려는 것을,

신유성이

"야, 이 새끼들아.

네 놈들 아끼는 돈도 안 내고 무조건 차를 가져오라 하여 차를 처먹었잖아!

차 값은 내구 가!"

하고 큰소릴 치자,

한 놈이 계산대에 가서 찻값을 계산하고 나간다.

그러자,

실내 분위기가 차가워진 것을 의식한,

신유성이,

남효주에게,

"주인장, 내가 찻값 받아 줬어, 다음에 나 맛있는 거 사 줘."

라고 농담을 하니,

아직까지,

굳어 있던 일행들은 물론, 매장에 손님들까지,

그때서야,

밝은 웃음들을 보이고 있다.

하지만,

다시 한번,

신유성이라는 사람에 대한 수수께끼가 더욱 어려워지고 말았다.

그것은,

지금까지 오랜 시간을 함께했던 남자들 팀이나,

또,

새롭게 함께한 여자들 팀이나 모두들 마찬가지인 수수께끼였다.

신유성은 애초부터 이놈들이 누구인지 벌써 알고 있었다.

몇 달 전 먼저 회사가 난장판이 되었을 때,

지금의 회장 놈이 데리고 온 조직 폭력배들로

당시 회사 사람들은,

모두들 무서워 벌벌 떨었지만

신유성만은 태연히 앉아 자신의 마지막 일을 하고 있었기에,

당시 그들은 자신들의 위세를 과시하기 위하여

자신들이 어디 어디 조폭이라는 말을 했기에 기억을 하고 있었고,

그리고 얼마 전,

병원을 찾아온,

박 이사란 자가 **신유성**의 그간의 움직임을 살피고 있다가

그 당시의 폭력배를 보냈을 것이다.

라고,

신유성은 벌써 생각을 하고 있었다.

그러나

신유성은 또 다른 현실 속에 자신의 마음과 싸움을 하고 있었다.

어쩐다?

지금까지 잊고 살았던 자신의 추한 모습을 보여 주고 말았으니~~~~

할 수 없지!

그래,

또 다시 정리를 하자,

생각하며 **신유성** 특유의 신속한 마음속 결정을 하고 있었다.

이젠,

10년이 다 되어 가는 오래 전의 일이었다.

찬바람이 매섭게 부는 차가운 12월의 종로 길을,

신유성은 조용히 걷고 있었다.

그 차가운 바람도 신유성에게는 아무런 감각이 없었다.

뒤늦게 시작한 공부도 자신을 멍청하게 만들고 있었다.

일찍, 부모님을 여의고부터 슬픔을 이기려 오랜 세월을 함께한 운동도

이제는 원망스럽기만 하다.

어릴 적부터 혼자 이기며 살아온 자신이,

얼마 전,

모 대기업의 연수 과정의 학습 시험에서 1등을 하자,

함께 연수를 하던 명문 대학에 다녔다고 자기들끼리 서로 으스대던 놈들

이 이번에는 **신유성**을 향하여 모두가 쑥덕거리며 시기를 하는 것을 보고

역겨움을 느꼈었는데,

또, 체육관의 제자들이 다른 체육관의 관원들과 싸움이 붙어 경찰서까지

가는 불상사가 생기는 바람에,

배움이라던지, 운동이라던지 하는 모든 것에 대한

환멸이 생겨 난생 처음으로 직장이라는 곳에 들어갔으나,

또다시 있는 자들의 싸움 속에 그동안의 노력을 미련 없이 던지고 나왔는데

오늘 또다시,

폭력과 편법을 앞세우는 쓰레기 같은 우리 사회를 접하게 되었다.

"이젠 또다시 모든 것이 싫다."

다시,

신유성이 모두에게 이야기하기 시작했다.

"오늘 나는 또다시 **거친파도**와 같은 우리 사회 한가운데 속의 추한 모습을 여러분 앞에 보여 드리게 되었습니다.

오늘의 일은

이전에,

나 자신과의 약속을 오늘 허무하게 지키지 못하게 되었습니다.

이제,

더 이상 여러분을 뵈올 수가 없을 것만 같습니다.

다행히,

거친파도 프로젝트의,

거의 모든 것은 여러분들에게 전하여 드린 것으로 생각합니다.

제가 여러분들을 겪어 본 결과,

여러분들은,

모두가 순수한 성품과 진정성, 그리고 지혜들이 넘치는 분들이십니다.

그러한

여러분들과 함께한 이 사람은 그동안 한없는 영광이었었고 기쁨이었습니다.

이제 저는 또 다른 미지의 세계를 향하여 떠날 것입니다.

여러분,

부디,

이 **거친파도** 속을 현명하게 헤쳐 나가 아름다운 하모니가 들려오는 세상을 만들어 주시기를 바라며,

이제,

작별을 고하겠습니다."

이러한,

신유성의 말을 들은,

모든 사람들은,

어안이 벙벙할 수밖에 없었다.

갑자기 작별인사를 하다니,

오늘 같은 날은 프로젝트 출범 파티를 해야 할 분위기였는데….

이야기를 끝낸,

신유성은,

아무 말 없이,

노트북을 챙겨 커피숍을 나가고 있었다.

일행들은

나가는 **신유성**을 잡고 말고 할 겨를이 없었다.

아니,

그럴,

용기들이 없었다.

신유성의 오늘 모습을 본 그들 모두는,

그의 말에 대한, 그리고 야멸찬 이별에 대한 어떠한 부탁이나 호소도 못

하고

그가 떠나는 것을 그저 지켜보아야만 하였다.

전날,

정든,

'해적'팀의 식구들과 헤어진,

신유성은,

다음 날 아침,

이전 회사를 찾았다.

입구에서는 안면 있던 경비가 반갑게 인사를 하였다.

회사 건물에 들어간,

유성은,

안내판을 보고,

관리이사실을 찾아 들어갔다.

관리이사는 노크도 없이 불쑥 들어온,

신유성을 보자

깜짝 놀라며,

"연락도 없이 이게 무슨 짓이야?"

하면서,

큰소리를 친다.

이에 **신유성**이

"뭐, 연락?

야, 이 새끼야, 너는 연락하고 쓰레기들을 보냈냐?"

하며,

험악한 인상을 쓰며,

큰소리를 치자,

아무 말도 못하고 **신유성**을 쳐다보고만 있다.

벌써 어제의 상황은 모두 들어서 너무도 잘 알고 있는 '**관리이사**'다.

신유성이

다시 큰소리로 말한다.

"야, 이 새끼야!

잘 들어,

다시 한번 쓰레기 같은 짓을 하면 그때는 끝장나는 줄 알아!"

말하고

회사를 나와 버렸다.

신유성이 이곳을 찾은 것은,

한 번 와서,

혼쭐을 내주지 않으면,

그놈이 언제 또 사람을 보내 '**해적**'팀들을 괴롭힐지 모르기에….

따뜻한 봄날의 도심에는,

사람들의 활기가 넘치고 있었다.

그 활기가 순수한 계절의 모습처럼 깨끗함이 가득하면 얼마나 좋을까!

14. 힘차게 출범하는 해적선

○○동의 제법 번화한 이면 도로에 있는 제빵 집,

그 앞에는 아담하고 예쁘게 꾸며진 판매대에 활기찬 남녀 젊은이들이,

세 팀으로 나누어 길게 늘어선 주민들에게 차례대로 신이 나서

'우리동네'를 설명하고 있다.

주민들은,

처음에는 단팥빵을 1개에 100원에 판다 하니 너도나도 몰렸는데,

또,

전화로도 주문할 수 있고,

인터넷 결제가 아니고 물건을 가져오면 물품 대를 주면 되고,

또, 돈이 없어도 15일 기한 한도로 외상거래도 가능하다,

라고 얘기하면서,

'우리동네'를 설명하니 나중에는 그것이 더 매력이 있었던 것 같았다.

신청을 하고 다녀간 사람에게 얘기를 듣고 온 사람들은 빵은 쳐다보지도

않고 **'우리동네'** 개인회원을 신청하기에 바쁘다.

이벤트를 하는 **'해적'**팀 멤버들은 하루 종일 서서 일을 했지만 하나도 피

곤하지도 않은가 보다.

처음엔,

동네에 제빵가게가 한 곳밖에 없어 걱정을 많이 했는데,

그것은 기우에 불과했다.

동네의 끝자락에 사는 사람도 오고,

다른 곳에 사는 사람은 자기의 동네는 안 되냐고 묻기까지 하였다.

또,

동네에서 영업을 하는 사람은 자기의 업소도 가맹점 신청할 수 있냐고 묻고,

동네의 치킨집, 중국집 등 많은 자영업자들도 가맹점에 관하여 물어보고 가곤 하였다.

이러한 광경을 보면서,

동네 지역상권 상황이 별로 좋지는 않구나 하는 느낌이 들기도 하였다.

이렇게,

'**우리동네**'에 대한

예상 이상의 반응에,

신유성이 떠나고 난 후, 한동안 시무룩하게 지내던,

남효주도

오늘은 생기가 넘치고 있었다.

그때,

인근에 입주한 '**우리동네**' 이 지역 센터 사무실에서 미팅을 마치고

김성우가 이벤트 장소에 와서 보고는,

남효주가 너무 밝은 모습으로 신나게 오가는 것을 보고,

김성우가,

"**남효주** 씨,

아주 신이 넘치십니다."

라고 하니,

남효주는,

"네, 너무도 신이 나요. 벌써 개인 신청자들이 300명이 넘었고,

직원 지원자도 모두 10명이 더 돼요."

그러자

김성우가

"조금은 걱정도 했는데, 너무 다행이네요.

참,

남효주 씨,

3시에 **파워레디** 미팅이 있어요.

효주 씨 늦지 말고 와 달라고 **박 팀장**이 부탁하더군요."

그러자

남효주가,

"아, 그렇군요. 그 회의는 무슨 일 있어도 참석해야죠."

그렇게 말을 하고 난,

효주는,

또 **신유성**이 그리워진다.

"지금 하는 모든 프로젝트!

그 사람이 만든 거야.

세 가지 프로젝트!

내가 무슨 수를 써서라도 성공시키고야 말거야!

이 사업이 모두 성공하면, 자기가 언젠가는 나타나겠지."

이렇게 혼자 생각하고 있는 **효주**의 눈가에 잔잔한 이슬이 맺히는 것 같았다.

마지막 커피숍 모임이 끝난 후,

나가 버린,

신유성은

그 다음부터는 한 번도 나타나지를 않았다.

뿐만 아니라,

그가 사용하던 전화번호도,

그 당시 바로 주인을 잃은 것 같다.

처음엔,

화도 나고 원망도 많이 했다.

그러나

비록,

짧은 시간이었지만,

그와 함께하면서 그에게 느낀 것은 너무도 가슴깊이 스며들어 있다.

그리고

모든 것을 한순간에 버린 마지막 당시의 그 상황!

어쩌면 그러고도 남을 사람이다.

그렇게 생각하면서도,

매일 매일 그의 얼굴이 떠오르고,

잊혀지지가 않는다.

아니,

절대로 그를 잊고 싶지가 않다.

어쩌면,

그를 항상 생각하면서 사는

지금이 가장 행복한 세월이 아닐까?

'우리동네' 프로젝트는,

처음에 계획한 이상으로 사업의 성공을 거두고 있었다.

시작한 지,

불과 3개월 만에,

120개소의 센터가 만들어졌다.

이에,

'우리동네'의 직원도

본사와 센터 합쳐서 지금은 1,500명이 넘은 큰 회사가 되었다.

'**우리동네**'의 모든 지출 비용을 제외한 월 순수익도 지난 달에는
10억 원 가까운 금액이 되었다.

이를 토대로 하여,
'**무인수납장치**' 사무실이 만들어졌고,
그 프로젝트에도 벌써 50명이 넘은 직원이 근무하고 있으며,
이 회사는 '**김원식**'이 대표이사 직책을 맡고 있고,

'**파워레디**' 프로젝트는 초대형 사무실에 IT 엔지니어만 50여 명이
밤낮없이 즐거운 고생들을 하고 있다.
이 프로젝트를 통솔하고 있는 사람은 이 분야 전문가인
박상철이 맡고 있다.

그리고,
'**우리동네**'는 **유영화**가 대표이사로 있으면서,
그 많은 조직을 완벽하게 끌고 나가고 있었다.
그리고,
이 세 가지 프로젝트를 움직임에 있어,
초기 20명 가까운 '**해적**'팀의 노력이 큰 바탕이 되었다.

그들은 지금,
해적선이 출범한 지 불과 5개월 만에,
각 회사의 임원으로서,
밤낮을 가리지 않고 열심히 일들을 하고 있다.

그리고

초기,

이 회사의 기틀을 잡아 준,

남효주가 전체를 총괄하고 있었다.

대학에서 음악을 전공한 **남효주**는 음악을 전공한 사람답지 않게

모든 분야의 업무를 조금도 막힘없이 매끄럽게 처리하고 있었고,

다른 임원진들도,

초기에

남효주가 세운 치밀한 계획에 의하여 회사가 출범한 지 비록 5개월 남짓

하지만 이렇게 번창한 것을 보면서 그녀의 능력에 탄복들을 하고 있었다.

지금 그들은,

거친파도 속을 거침없이 순항들을 하고 있었다.

그러면서,

회의나 모임 때는 언제나 **신유성**을 그리며 항상 고마움을 잊지를

못하고 있다.

이제,

'**우리동네**'는 서울을 벗어나,

경기도를 시작으로 하여 전국적으로 뻗어나갈 계획을 세우고 있으며,

해적들의 '**무인수납장치**'는 시설물의 기초 디자인을 끝내고,

구조서부터 내부 시스템의 각 부분 플랫폼의 기초 설계까지 마무리할 수 있었다.

해적들이 개발하고 있는, '**무인수납장치**' 프로젝트의 특징은,

지금까지 인터넷 쇼핑은

주문 시 이용자의 주거정보 등 개인정보의 유출 문제, 수납의 한계 등

온라인 쇼핑의 편리성만큼 문제점도 많은 것이 사실이었다.

이를 **무인수납장치**에서 언제라도 다양한 인터넷 쇼핑몰을 이용할 수 있는 인터넷과 연결된 모니터를 장착하고,

이용자의 사용자번호를 부여하여

온라인 쇼핑 이용 시 부여받은 사용자 번호만으로도

개인의 정보를 입력치 않아도 집에서나,

아니면 **무인수납장치**에 설치된 주문 전용 모니터를 이용하여

누구나 편리하게 주문을 하고,

무인수납장치로 주문한 상품을 받을 수 있어,

그동안 비일비재한 온라인 쇼핑에서의 문제점들을 완벽하게 제거함은 물론, 지금까지 여러 가지 이유로 온라인 쇼핑과는 거리가 있었던

계층까지 새로운 문화생활의 편리를 쉽게 접할 수 있도록 개발된,

개인의 정보를 노출하지 않는 온라인 쇼핑과,

또한 택배문제가 현 우리 사회에 가장 큰 문제가 되고 있는 것도,

무인수납장치 하나로 말끔히 해결할 수 있도록 만든 제품으로

이 **무인수납장치** 하나로 우리 생활은 커다란 새로운 도약이 되는 것은 물론,

수많은 고용창출과 기기의 제조로 현 위기의 대한민국의 경제에도

큰 도움이 될 수 있는 프로젝트이기에,

해적선의 직원들은

이 **무인수납장치**가 주는 엄청난 사회적 효과와, 사업적 효과에 모두 커다란 긍지를 갖고 노력을 하여 왔는데,

실제로

프로젝트를 만드는 과정에 각 분야의 제조 회사별 적극적인 개발 참여와, 또한 많은 분야별 최고의 엔지니어들의 노력으로 **무인수납장치** 프로젝트 또한, 항상 계획 일정보다 빠른 실적을 올릴 수 있었다.

이에 따라,

무인수납장치 프로젝트는,

사업 초기는 물론, 개발도 끝나지 않았음에도 정부는 물론, 각 연관된 기업으로부터 커다란 관심을 받는 회사가 되어 가고 있었다.

그러나,

비록 지금은 세부사업 기획과 개발 두 가지 모두 아직 미완성이지만

본 프로젝트가 완전히 개발이 끝나고, 국내 사업이 시작되어,

이것이

대한민국에 정착하게 되면,

전 세계 모든 나라에서도 인터넷 쇼핑에는 똑같은 문제점들을 안고 있기에,

우리의 '**해적**'팀이 노리는 가장 큰 목표는,

최고의 프로젝트 차원의 수출 품목으로도 각광을 받을 수 있게 하는 것에

우리 팀의 목표가 있다.

한편,

파워레디 애플리케이션 팀은,

이제 웬만큼의 기본 개발팀을 구성하여,

파워레디 애플리케이션의 기초 설계를 마치고, 각 플랫폼의 설계와,

우리 생활 속의 모든 카테고리를 확정하고 그 카테고리의 수천 개의 하부 카테고리도 완성 단계에 들어갔다.

해적들은 또한,

개발 후,

정보제공자의 마케팅에 필요한 최초의 기획팀을 구성하고,

정보이용자에 대한 홍보 기획팀도 출발을 하여,

비록,

지금 애플리케이션의 개발 초기지만 현재의 그림은 계속 검토하여 페이스북이나 트위터를 능가하는 것은 물론, 비록 **파워레디** 앱과는 전혀 성격이 다른 서비스지만,

현재 모든 국민들이 이용하는 각종 모바일 서비스와 SNS를 제칠 수 있는, 최고의 앱으로서의 개발을 목표로 모두가 한마음이 되어 순항하고 있다.

그러한,

노력으로 '**파워레디 해적** 팀'은 멋진,

첫 그림을 그릴 수 있었다.

그 그림은,

현대를 사는 사람들은 자신이 관심 있는 분야의 많은 정보들을 필요로 하고 있다. 그래서 앱과 웹을 찾고 있다.

그러나 인터넷 초기,

다양한 분야의 정보를 쉽게 찾을 수 있어

웹이나 앱이 우리 생활에 없어서는 안 될 생활 속에

가장 큰 현대 과학의 발명품으로 각광을 받았으나,

이제는 그곳에서도 수많은 정보의 홍수 속에,

검색하는 것이 더 어렵고 때로는 짜증이 나기도 한다.

또한,

요즘은 수많은 앱 모두가 개인의 모든 정보를 요구하고

또 수많은 앱들을 취급하는 회사들은

그 정보를 다른 곳에 제공하고 또 팔기도 한다.

그러기에 앱은 더 이상 생활의 편리가 아니고

공해가 되어

때로는 그로 인해 이용자 자신도 모를 피해를 주기도 한다.

그러나

파워레디 앱은

기존의 모든 앱, 또는 웹과는 전혀 성격을 달리하는 앱으로

모든 앱과 웹이 메신저 또는 정보를 뿌리는 목적으로 활용되고 있으나 **파
워레디** 앱은 모든 개인의 필요한 정보만을 가져다주는

마법과도 같은 앱으로,

이것이 바로 우리 **해적**들이 개발하고 있는

'**파워레디** 애플리케이션'이다.

그러나 지금은 비록, **파워레디**의 1차 확정된 개요이지만,

이 개요는

매일매일 개발하는 과정에 현재의 1차 개요보다

더욱 더 살아 있는 세계 최고의 앱을 개발하게 될 것이다.

이와 같이,

모든 우리의,

'**해적** 팀'들은 계속해서,

신념과 의지 하나로,

높고 험한,

'**거친파도 속**'을 힘차게 나아가고 있었다.

이제,

봄에 출범한 '해적선'은,

벌써,

거친

가을 바다를 항해하고 있었다.

15. 천만분의 일의 기적

추석 명절을 맞아,

성지하는 오랜만에 청주 고향에서 가족들을 만나고 서울로 향하고 있었다.

가을의 국도변에는,

수확 직전의 벼들이 풍성한 몸매를 자랑하며 가을 햇빛에 푸짐하고 행복한 일광욕을 즐기고 있었다.

명절의 국도는 여유가 넘치는 논 위의 벼와는 달리,

오다가다를 반복하며 도로 위에 추석의 법칙을 그대로 보여 주고 있었다.

그때,

저 멀리,

반대편 차선 인도에 여유 있게 걸어오는 작업복 차림의 한 남자가 있었다.

사람이 거의 다니지 않는 시골의 인도를 홀로 걸어오는 남자를 보며,

성지하는

속으로,

"참으로 참 평화롭다."

라는 생각이 들었다.

조금은 부럽기까지 하였다.

"나도 이다음엔 시골에 와서 살아야지."

하는 생각을 하면서….

짜증 날 정도로 거북이걸음 하는 앞차 뒤를 따르며,
운전을 하다,

건너편 걸어오는 남자가 가까이 오자,
무심코 쳐다보다가,

성지하는 깜짝 놀라고 말았다.
"어머! **팀장님**.
팀장님 아니야?"

저 멀리 건너편에서 천천히 걸어오는 **신유성**을 알아본 **성지하**는
천천히 가던 차를 그만 멈추고 말았다.

그러자,
잠시 뒤부터,
뒤에서 클랙슨 소리가 요란하게 들리자,
성지하는 다시 엑셀을 밟고 천천히 전진하면서도
시선은 자꾸 뒤를 돌아보면서 **신유성**의 뒤를 쫓고 있었다.

그리고
옆에 차 댈 곳이 없나 찾다가,
찾지 못하자,

이번에는,

좌회전이나 유턴할 수 있는 곳을 찾는다.

그러나

한참을 갔지만 나오지 않자,

애가 탄,

성지하는

반대편 차가 오지 않는 틈을 타,

그대로,

유턴을 하여,

달려가 보니,

그때는 이미,

신유성의 모습은 보이지 않았다.

성지하의

눈에는 이슬이 맺히고 있다.

말을 하지 않았어도,

정말,

그리웠던 **신유성**을 보고도 만나지 못한,

성지하는

한참을 가다 휴게소에 도착하여 차를 세운 뒤,

핸들에 얼굴을 묻고,

그만,

눈물을 흘리고 말았다.

"바보같이,

차를 그냥 세우고서라도 뛰어가 만났어야 하는 건데….."

신유성,

그와의 만남은 비록 짧은 시간이었고,

대화도 많이 나누어 보지 않았지만,

주위의 이야기와,

함께하면서 다양한 상황에서 **신유성**이 보여 준 행동 등,

지금까지

사회생활을 하면서,

그 누구에서도 느껴 보지 못한 감정을 지금까지 혼자 가슴속에 담고 있었다.

그리고

어느 날, **신유성**은 홀연히 사라져 버리고,

그런,

그를,

무슨 기적과도 같이 오늘 볼 수 있었는데….

그러다,

문득,

그래,

이 근처 어디에 계시는 거야!

그러면서 이곳의 위치를 머릿속에 담으면서,

또,

근처 여기저기를 휴대폰으로 촬영한 다음,

다시,

서울로 향하고 있었다.

16. 순항하고 있는 해적선

데모용으로

제작된,

여섯 가지 디자인의,

무인수납장치 시제품 샘플은 모두 정말 아름다웠다.

그리고

시설물 내부에 설치된 모니터와 키보드를 이용하여

'**우리동네**' 쇼핑몰에 접속을 하여 테스트를 하고, 바코드 리더기에 바코드

인식 테스트와 택배 상품 보관 Box의 개폐 기능 테스트 등,

거의 모든 기기 작동이 만족하게 동작하고 있었다.

이제는,

보안 시스템과 내부의 악천후 시에 대비한 구조 동작 등,

부수적인 기능의 구상과 그에 따른 설계 단계만 거치면

완벽한 **무인수납장치**가 탄생할 것이다.

이제,

가장 중요한 마케팅 방법에 있어,

첫 번째는 정부의 각 해당 부서와 협조에 의한 정책적인 측면의 마케팅과,

두 번째는 첫 번째 방법이 여의치 않을 때는 각 지방자치단체 단위의

마케팅을 추진하며,

그것도 여의치 않을 경우,

마지막으로,

각, 아파트 단위나 주택단지 단위의 개별 마케팅을 한다는 계획이다.

이 중,

마지막 방법은,

이미,

아파트나 주택단지로부터 너무도 좋은 반응을 얻었기에

마지막 마케팅 전략은 부담 없이 추진할 수 있을 것 같다.

이 **무인수납장치** 프로젝트는,

아직 시작도 하기 전이건만 개발하는 과정에,

관련 업종 여기저기의 관심이 뜨겁기만 하다.

이러한 주위의 반응에,

무인수납장치

'**해적**' 팀들은

밤낮을 고생하면서도 조금도 힘들어하지 않고 일을 하고 있었다.

파워레디 애플리케이션 팀은,

하루에도 몇 번씩 각 파트별로 회의들을 한다.

파워레디 프로젝트는 수없이 많은 플랫폼으로 구성되기에 항상 새로운 것을 창조하며 개발하여야 하는 프로젝트이기도 하다.

매일매일 고생들은 하지만,

자신들이 지금 개발하고 있는 이 프로젝트가 전 세계인들이 사랑할 수밖에 없는 프로젝트일 것이 확실하기에 아직 완성 전이지만 모두 자부심과 기대가 대단하였다.

개인정보도 필요 없고,

어떠한

광고도 전혀 없고

또한,

수많은 동종의 앱들과는 전혀 성격과 달리하며,

가장 간편하게,

자신이 필요로 하는 모든 정보가, 자동으로 자신에게 정보 스스로 찾아오는 앱이기에,

'**해적**'들은,

개발과정에서 결과를 확실하게 예측하고 있었다.

이렇게,

'**해적선**'은

모든 어려움을 극복하면서 거침없이 목표를 향하여 질주하고 있었다.

거기에,

지난번 전체 회의에서,

남효주가

"제가 여러분들께 짐을 하나 드릴게요."

하면서,

"지금 모든 분들께서 고생들 하고 계시는데, 아직 개발 중이니,

무인수납장치나 **파워레디** 애플리케이션에

AI를 접목시키는 것을 연구해 보면 어떨까요?

지금 세계는 모든 부분에 **AI**를 개발하는 데 집중하고 있고

또한 모든 컨텐츠에 **AI**를 접목하려고 노력하는 것 같은데,

저는 그 부분의 전문지식은 없지만,

지금 우리 제품을 개발하고 난 뒤,

그 기술이 우리 제품에도 필요할 수 있다고 할 때….

그때 다시 개발을 하려고 한다면,

그때는 어쩌면 이미 늦을 수도 있지 않을까 하는 생각이 드네요."

하고 말하니,

파워레디의 **박상철** 사장이,

놀라면서,

"**회장님**, 정말 대단하시네요.

그 기술,

필요할 수도 있는 것이 아니라 꼭 필요한 기술입니다."

그러자,

남효주가,

"그러면 그 팀을 **파워레디** 팀에서 구성해서

파워레디와 **무인수납장치**에 필요한 **AI**도 함께 개발하는 게 좋겠네요."

라고 말하자,

회의에 모인 사람들은,

다시 한번,

남효주의 능력에 감탄을 했고,

제품에 대한 더욱 큰 자신감과 자부심을 가지게 되었다.

늦은 오후,

오랜만에 한가한,

남효주는

세 가지 프로젝트에 대하여,

지금까지의 결과에 대하여 각 팀에서 올라온 보고서를 살펴보면서

보강할 부분을 분석하고 있었다.

그러다,

갑자기,

신유성의 얼굴이 떠올랐다.

"어디 있어요?"

"아직 오실 때가 안 되셨나요?"

"나쁜 사람."

항상,

조용히 혼자 있으면 그리움이 밀려 온다.

그리고

눈시울이 뜨거워진다.

벌써 **신유성**과 헤어진 지 1년이 다 되어 가고 있었다.

그동안,

신유성이 만들어 준 프로젝트를 만들어 가면서,

언제나 **신유성**과 함께 하고 있다는 마음으로 하루하루를 살아온 것이,

벌써,

1년이 다 되어 가고 있는 것이다.

1년 전,

처음 커피숍에서 처음 만났을 때의 두근거리던 가슴,

신유성과 집에서의 즐거운 밤을 보내고,

'**우리동네**' 프로젝트를 위하여

○○동의 동네와 시장을 함께 다니고,

우리 커피숍에서,

즐거운 미팅을 하고,

마지막에는,

신유성의 거친 모습을 보기도 하였다.

"빨리 와요.

너무 많이 보고 싶어요."

오늘은

'**우리동네**' 프로젝트를

시작한 지 1년이 되는 날이다.

즉,

'**해적선**'이 **거친파도 속**으로 출범한 지 1주년이 되었고,

오늘,

그,

1주년 기념식을 **파워레디** 강당에서 개최하고 있었다.

참가 직원은 '**우리동네**'의 현재 영업 중인 각 센터직원 1,800여 명을 제외한 200여 명이 함께하고 있었다.

최초에 '**해적선**'을 출범시킨 20여 명의 임원들은 모두 회사의 엄청난 지금의 성장이 정말 기적 같고, 감개무량하기만 하였다.

기념식은,

회장인 **남효주**와,

그리고

각 회사의 사장과 몇몇 임원들의 축사가 있었고,

우수 사원들의 표창,

그리고 회사 직원과 초청 연예인들의 공연으로 진행되었다.

그리고

한 팀에 8명에서 10명 정도 앉을 수 있는 원형 테이블로 배치된 식장에는,

창업 당시 최초의 남녀 각각의 팀이 각 테이블에 앉아 지난 시간을 회상

하며 재미있게 이야기들을 나누고 있었다.

이때,

양쪽 테이블의 얘기는,

거의,

신유성으로 시작하였다.

신유성의 이야기는

예전 회사에서 함께 근무했던 사람들은 사람들대로,

그리고

다른 업무로 만나 함께 했던 사람들은 그 사람들대로,

이야기가 끝이 없었고.

여자들 테이블에는,

최초에 **신유성**과 함께 했던 현재의 임원들이 당시의 이야기와,

신유성이 하여 준 많은 교훈 같은 이야기,

그리고

신유성의 인성과 능력 같은 얘기들이 끊임없이 나오고 있었다.

이때,

모두들 **신유성**을 보고 싶다는 애기들을 하자,

성지하가 무심코,

청주에서 우연히 **신유성**을 보았던 것처럼 이야기하자,

조용히 있던,

남효주가,

깜짝 놀라며,

"뭐 그게 정말이야?"

하면서 벌떡 일어났다.

그녀의 행동에, 함께한 직원과 주위 테이블 사람들이 깜짝들 놀랐지만,

남효주는 그런 것은 신경도 쓰지 않는 행동이었다.

성지하는

"아차 내가 잘못 얘기했구나."

하고 생각하면서 어쩔 줄 몰라 하고 있다가.

"네, **회장님**,

제가, 추석 때 집에 다녀오면서 운전하다 국도변에서 보았는데 만나지는

못했어요….

더구나 운전하면서 건너편 인도에서 걸어오는 모습을 보았기에 확실히

신유성 님인지도 확실치는 않았어요."

그러자,

남효주가

"추석 때면 한참 된 일이네.

헌데, 지금까지 왜 아무 말을 하지 않았어?"

하자,

성지하는

"만난 것도 아니고 운전하면서 멀리서 보았기에 확실하지도 않은 일을 얘기하기도 그런 것 같았어요."

남효주는 그럴 수도 있겠구나.

생각하면서도,

성지하의 그 얘기만으로도 마음이 안타깝게 설레고 있었다.

이벤트가 끝나고,

모두 각자의 회사로 돌아가는데,

남효주는

가려는 **성지하**를 불렀다.

그리고,

파워레디 회사 안에 있는 자신의 사무실로 함께 갔다.

함께 **남효주**의 사무실에 들어온 두 사람이 소파에 앉자,

남효주가,

"**지하**야, 그 지점이 어디쯤 되니?"

하고 물으니,

성지하는,

속으로

"어, 언니도 **신유성** 씨에 대하여 관심이 많은 것 같네."

하고, 생각하면서,

"네, 청주에서 대전 쪽으로 가는 국도변이었어요."

하면서,

당시,

신유성을 보았던 지역을 비교적 자세하게 설명을 해 주었다.

설명을 다 듣고 난,

남효주는

성지하에게,

"그래, 정말 고맙다." 하면서,

"그때, 모습이 정말 **신유성** 씨와 비슷했니?"

라고 다시 묻자,

성지하는

속으로 또다시,

"언니 정말 **신유성** 씨 많이 사랑하는 것 같네."

라고 생각하며,

회장이라는 말은 빼고,

"언니, 틀림없는 **신유성** 씨였어요.

아까는 제가 **신유성** 씨를 좋아했기에 남에게 사실을 얘기하기가 싫었어요.

헌데, 언니도 **신유성** 씨를 많이 그리워하시는 것 같네요."

그러자,

남효주는,

"그래, 나 그 사람 정말 많이 사랑해."

하면서

성지하에게 거침없이 얘기한다.

"그리고 오늘 그 사람 소식 들려주어 정말 너무너무 고맙다.

지하야."

라고 얘기하면서

눈물까지 글썽이자,

성지하가,

"쳇, 나도 혼자서 무척 짝사랑 했는데,

언니가 좋아한다면 할 수 없이 양보해야지."

하며,

웃으니.

남효주는

"**지하**야, 정말 고맙다."

하면서 **성지하**의 손을 꼭~ 잡는다.

17. 또 다른 거친파도

그 뒤,

며칠 후,

효주는 경부선 고속도로를 타고 있었다.

성지하를 만나고 난 이후,

효주는 거의 잠을 자지 못했다.

"오빠, 지금 어떻게 지내시고 계세요?

오빠, 지금 뭐하세요?

효주는 오빠 생각에 하루도 편하지 않았는데,

오빠는 내 생각 하나도 하지 않는 것 같아요.

지금 그곳에 계시는 것 맞죠?

오빠,

혹, 다른 여자하고 함께 사는 건 아니시죠?

오빠,

효주 넘 힘들어요, 제발, 제발."

그렇게 고통 속에 지내다,

3일간의 월차를 내고 지금 **신유성**을 찾아가고 있는 것이다.

진짜 '계란으로 바위를 깨는 것'과 똑같은,

무모한 일 같지만~~~

처음,

효주가 간다고 하니,

성지하가

"언니, 나하고 같이 가요!"

하니,

효주가 웃으며,

"안 돼!"

"너하고 같이 갔다간,

오빠 만나면 안아 보지도 못해."

하고서,

지금 혼자서 찾아 나선 것이다.

남효주는 그쪽 길은 초행이었기에,

성지하가 가르쳐 준 대로,

그리고

성지하가 휴대폰에 찍어 놓은 지역 사진을 머리에 담고,

컴퓨터의 지도 화면에서 인근을 몇 번이나 확인하며,

남효주는 설레는 마음을 안고 가고 있었다.

먼저 경부고속도로를 타다 청주 쪽으로 빠지는 길로 들어가

다시,

국도로 빠져,

대청호 방면으로 가기 시작했다.

그리고 한참을 가다,

지하가 **신유성**을 보았다는 근처에서는,

천천히 가다가,

마을이 있으면 들어가 한참을 살피며,

지나가는 사람들에게,

신유성의 모습과 1년 전에 서울에서 왔을 것이라는 것을 얘기하며,

"혹 비슷한 사람을 보신 적 있느냐?"

하며,

물어보면서 다닌 것이 벌써 이틀이 지났다.

마지막으로, 대청댐 인근까지 다녔지만,

그,

어디에도 **유성**의 흔적은 없었다.

결국,

효주는 몸과 마음 모두 지친 기진맥진한 상태에서,

회사일도 있고 하여,

일단 서울로 돌아왔다.

서울에 돌아온 **효주**는 곰곰이 생각해 보았다.

지하가 처음 본 자리가 시작점이 아닐 수도 있다.

그 지점은 위쪽에서 내려오다 만났을 수도 있을 것이다.

그리고

유성 씨가 그곳에 와서 산다면?

모르는 사람들하고는 잘 어울리지 못하는 **신유성**이다.

그러면,

만일 그곳에 온 것이 사실이라면?

아마,

조용한 곳에서 혼자 살고 있을 것이다.

그것이,

유성 씨의 스타일이다.

그럼,

산속?

평소에는 밝고 덜렁이는 것 같은

남효주이지만,

무슨 일을 생각할 때는 차분하고 치밀한,

남효주다.

남효주는 차근차근 하나씩, 하나씩 그려 나가고 있었다.

그래,

나도 **유성** 씨처럼 바로 시작이야!

그리고

그래,

숨으려면 얼마든지 숨어 봐.

내가,

이번에는 틀림없이 찾아낼 거야!

다음 날,

남효주는 회사에는 전화만 하고

옷도 아주 가벼운 차림으로 곧바로 다시 출발하였다.

이번에는 지난번에 가지 않았던 윗부분 지역부터 다니기 시작했다.

그러나

전에 하고 똑같이 아무런 소득이 없었다.

지쳐서,

숙소에 들어온,

남효주는,

눈을 감고 곰곰이 생각을 하다가,

"그래 이번에는~~~"

하고서,

다음 날,

효주는,

읍내에 들어가 빵과 과자를 사서 푸짐하게 넣은 5개의 선물 상자를 만들어,

마을을 다니면서 선물을 주니 잠깐만에 주민들과 친해진 다음,

이곳에

혹,

산 위에 사는 사람은 없느냐고 물으니,

이상하게 생각을 하면서도,

어디어디에 어떤 사람이 살고 있다고 친절하게들 가르쳐 주었다.

그러면,

효주는 그 힘든 산길을 걸어 올라가,

사는 사람을 확인하고,

실망을 하고,

또,

실망을 하고,

이렇게

하루에 서너 군대를 다니다 보면 나중에 숙소로 돌아오면,

지쳐서 쓰러지고 만다.

이런 고통 속에도 **효주**는 끝가지 가 보자 하면서,

이를 악문다.

이제,
삼일 째가 되는 날이다.
성지하가 보았다는 지점 근처에서 위쪽으로 약 2km쯤 되는 마을에 가서,
작은 경로당이 있기에 들어가니 3명의 할머니들과
마침, 마을 **이장**이 와 있었다.

그래서
선물을 드리고 자신이 여기 온 이유를 얘기를 하니,
이곳에는 산속에서 사는 사람들이 제법 많은 것 같았다.

그래서
대략의 위치를 듣고,
나가려 하자,
마을 **이장**이
"아가씨, 잠깐만!"
하면서,

나가려는,
남효주를 세웠다.

그러면서,
마을 **이장**은

하나 더 생각나는 곳이 있어 얘기하려고 불렀다면서,

"앞에 얘기한 사람들 말고, 또 한 사람이 더 있는 것 같아!"

라고 얘기한 다음,

앞쪽에 보이는 가장 큰 산을 손가락으로 가리키면서,

"저 산 너머에 남자 혼자 사는 것 같은데,

우리 마을 사람은 그 사람을 한 번도 본 사람이 없어.

여기서 보는 것처럼 저 위에 있는 산길로 아주 가끔 내려가고,

올라가고 하기에,

그냥 사람이 사는 것 같다고도 하고,

아니면, 등산을 하는 사람인 것도 같다는 생각하고 있는 것뿐이야….”

그러면서,

"하지만

아가씨는 저기는 다른 곳보다 높고 험해서 올라가기도 힘들 것 같아!"

그,

마을 이장의 말을 들은,

남효주는,

속으로,

"바로 거기다."

하며,

힘이 솟는 것을 느낄 수 있었다.

경로당을 나온,

남효주는

무조건 차를 산 쪽으로 운전하여 가다가,

어느 정도 가자 더 이상 차가 들어갈 수가 없자,

차에서 내려 산 위로 올라가기 시작했다.

아무리,

마을이 있는 산이라고는 하지만,

도시 생활만 하던 작은 체구의 **남효주**가 올라가기는

너무도 힘든 일이었다.

효주의 몸은 이제 땀으로 흠뻑 젖어 있었다.

쉬면서, 쉬면서 정상에 오르자,

지친 **효주**의 시야에는,

완만한 산등성이가 마치 넓은 평야같이 시원하게 눈앞에 펼쳐져 있었다.

18. 천국으로

마치,

천국에 온 기분이었다.

순간,

올라오면서 힘들었던 피로가 확 날라가 버리는 것 같았다.

그때,

멀리 작물을 가꾸는 밭이 보이고 작은 농막도 **남효주**의 시야에 나타났다.

그리고

그때,

또,

한쪽에는 밭에서 일하는 한 남자가 보였다.

멀리서,

거우,

그 남자를 확인한,

효주는 그만 숨이 멎는 것 같았다.

"흑."

하며,

눈물이 나오며,

잠깐,

이 상황에서 어찌해야 좋을지 몰라 얼굴을 가리고 말았다.

그리고

정신을 차린 **효주**는,

엉엉 울면서 남자를 향하여 뛰어가기 시작했다.

그러자,

너무 성급하게 뛰다가 그만 넘어지고 말았다.

그제야,

남자는 뛰어오다가 넘어진 여자를 발견한 것 같았다.

놀란,

남자는 일하던 농구를 던지고 쓰러진 여자를 향하여 뛰어갔다.

다시 일어난

효주는

엉엉 울면서 남자에게 뛰어와 무조건 그의 품속으로 뛰어들었다.

신유성은,

모르는 여자가 자신에게 뛰어드는 순식간의 상황에 놀라면서도,

잠깐 뒤,

효주를 확인한 순간,

"**효주**야!"

하면서,

그동안 못 안았던 **효주**를 한 번에 안으려는 듯 온 힘을 다하여
품안으로 들어온 **효주**를 힘껏 안았다.

만나고부터,

한 번도 안아 본 적이 두 사람,

헤어진 지,

1년 만에 만난,

두 사람은

마치 잊어버린 1년을 찾으려는 듯,

뜨거운 포옹을 하고 있었다.

한참을 포옹을 하고 있던 두 사람은 포옹을 풀고,

이제는 서로가 서로를 빤히 쳐다보고 있다.

그러자,

갑자기,

효주가, **유성**에게,

"여보."하며 부른다.

이에

오랜 시간이 지난,

첫 만남에

효주의 입에서 나온,

'여보.'라는 말에,

유성의,

첫 마디도,

"어, 방금 뭐라고 했어?"

하니,

효주가

유성의 놀란 물음에는 대답도 안 하고,

"아~~

너무너무 보고 싶었어요.

어디, 나 좀 봐요."

그리고

유성을 빤히 쳐다본다.

그러면서,

"당신, 정말 미워요."

라고 하니,

신유성은,

능청스럽게,

효주의 볼을 만지며,

"큰일 날 뻔 했네, 조금만 더 늦게 만났으면,

요, 이쁜 우리 **효주** 얼굴 잊어버릴 뻔 했네."

하면서, 미소를 지으니,

효주는,

또 다시,

"여보~"

라고 부르면서,

"나, 이제부터, '여보'라고 할 거예요.

신유성은 이제 미워요.

여보가 좋아요.

괜찮죠?

여보~~"

하니,

신유성이 어이없어 하면서 웃어 버리고 만다.

그러다,

효주의 청바지 무릎 쪽을 보더니 깜짝 놀란다.

효주의 무릎 쪽에는 청바지 위로 빨간 피가 배어 있었다.

그제야,

효주도 자신이 무릎을 다친 것을 알았다.

아까 뛰어오다가 넘어졌을 때 그런 것 같았다.

유성이,

"많이 아프겠다." 하니,

효주는,

"아녜요, 괜찮아요."

그러자,

유성이,

"괜찮긴 뭐가 괜찮아.

가!

들어가 치료하자."

하면서 농막으로 **효주**를 데리고 들어간다.

농막으로 들어간,

효주는 어둑 캄캄하고 써늘한 농막 안에 들어가자,

또 눈시울이 붉어진다.

"어떻게, 이런 데서…."

하며 생각하니,

유성이 너무도 불쌍하면서도 바보 같아 보였다.

효주가,

"멍청이!

왜 이런 곳에서 고생하며 살아요?"

라고 볼멘소리로 말하자,

유성이,

"크크, 뭐가 어때서, 전에 고시원보단 훨 낫지."

하면서,

서랍에서 약상자를 꺼낸다.

그 안에는 일하다 다쳤을 때 쓰는 상비약이 다 있었다.

그리고

"어떡하지?

바지를 벗어야 되겠네."

그러자,

효주가,

"벗으면 되지 뭐,

당신답지 않게 뭐 걱정이에요."

하면서

바지를 홀쩍 벗는다.

팬티 차림의 **효주**의 예쁜 하체가 그대로 드러났다.

그러자,

유성이,

놀라서 쳐다보자,

효주가,

"뭐해요! 빨리 약 발라 줘요.

나, 창피하단 말예요."

하자,

유성이 약솜에 알코올을 묻혀 먼저 상처를 소독한다.

소독하면서,

"조금 아플 거야."

그러자 **효주**가 아픈지 눈을 약간 찡그린다.

유성은 상처를 소독한 뒤,

약을 바르고 가재와 반창고로 상처 치료를 끝냈다.

치료를 끝낸

유성은

효주의 예쁜 다리를 보고 허벅지를 쓰다듬자,

효주는 지그시 눈을 감는다.

그러다,

유성이 속으로,

"안 돼.

상처도 심하고 아픈데,

그리고

이런 곳에서는,

멍청한 놈!"

그러면서,

효주를 살며시 안아 준다.

그리고

서로 뜨거운 입맞춤을 한다.

한참의 첫 키스 후,

유성이,

"자, 어서 바지 입어."

하며,

바지를 똑바로 하여 잡아 준다.

무언가,

불만 가득한 얼굴의 **효주**는,

마지못해 바지를 입는다.

그러자,

유성이,

"그간 잘 지냈어?"

하고 묻자,

효주는,

"그거 일찍도 물어보시네,

잘 지내기는요.

하루하루,

누구 때문에 고통 속에 살았는데."

그러자, **유성**이

"야~ 고통 속에 사니 훨씬 예뻐졌네."

하고 웃으며

유성은 밖에 나갔다가 주전자에 물을 끓여 와,

컵에 커피를 탄다.

"자, 이거 내 커피숍의 귀한 커피야."

방바닥에 앉아 두 사람은

지금껏 한 번도 겪어 보지 않은 새로운 기쁨을 맛보고 있었다.

그때,

효주가,

"헌데, 여긴 어디예요?"

하며 묻자,

유성이,

"응 여긴 이 세상 단 하나의 나의 천국이야."

하자,

효주가,

"정말 너무 아름다운 곳이에요,

저 아랫마을에서 올라올 때는 너무 힘들었는데 정상에 올라 이곳을 보니 정말 천국 같았어요."

그러자,

유성이,

"이곳은 부모님을 모시고 있는 우리 선산이야,

여기서 반대쪽 산등성이에 우리 부모님이 잠들고 계셔."

그러자,

효주가,

"아~ 그렇군요.

제가 오늘 정말 잘 왔네요.

부모님께,

인사도 드릴 수도 있으니까요."

지금까지,

두 사람은 각자의 부모님에 대하여서는 묻지도 말하지도 않았는데,

유성의 말을 듣고 난,

효주는 또 갑자기 무슨 생각이 났는지 눈물을 흘리며,

또다시 **유성**의 품으로 안겨 온다.

그런 후,

효주는 얼굴을 들더니,

"우리 두 사람 모든 것이 너무너무 똑같아요.

당신 이야기를 들으니 나도 우리 부모님이 너무 보고 싶어요."

효주의 말에,

놀란,

유성은,

"그럼, 동생 부모님께서도 돌아가셨어?"

하자,

효주는 고개를 끄떡인다.

그러자,

유성은

효주를 더욱 더 힘껏 안아 준다.

그러면서,

속으로,

"정말 착한 여자다. 그렇게 슬픈 인생을 살아 왔음에도 티 없이 맑고 깨끗한 **효주**가 너무 사랑스럽다."

한참을 침묵 속에 서로 안겨 있던 두 사람은,

유성이,

갑자기 생각난 듯,

"참, 동생,

차는 어디에 놓고 왔어?"

그러자,

효주가

"차는 저쪽 마을에서 산으로 올라오다가,

더 이상 올라올 수가 없어서 산에 그냥 놔 두고 왔어요."

라고 하자,

유성이,

"에구 산 중턱에 놔 두고 왔으면 별로 좋지 않은데,

산에는 작은 짐승도 있고 벌레들도 많아 이상한 것이 생기면 서로들 좋아해서 골치 아파질 때도 있어!

더구나 그 차 안에는 우리 **효주**, 예쁜 냄새가 나, 더 많이 모여들 거야, 흐흐."

그러자,

효주가,

"어머, 그럼 어떡하지?"

하자,

유성이,

"차키, 이리 줘."

하자,

"예?, 혼자 가시려구요?"

"응, 동생은 여기에 있어."

"길도 없는데, 당신 힘들어서 안 돼요."

"아니야, 내가 하늘을 날라서 여기까지 가지고 올께!"

효주가 어이가 없어 하면서,

차키를 주자,

유성은

"빨리 다녀올게, 쉬고 있어!"

하며, 밖으로 나갔다.

혼자 남은 **효주**는 여기저기를 치우고 정리하고 그리고 더럽고 지저분한 물건은 닦고 하면서 가만히 있지를 못한다.

한 시간쯤이나 지났을까?

신기하게도 밖에 차 소리가 나고 **효주**의 차를 **유성**이 가지고 왔다.

밖에 나간,

효주는

손으로 입을 막으며,

"어머나, 차를 어떻게."

하며 놀란다.

"여보, 어떻게 여기까지 가져올 수 있어요?"

하며,

효주가 놀라서 얘기하자,

유성이

웃으며,

"응, 동생이 온 이쪽 국도 말고,

그 국도에서 연결된 다른 국도로 오면 그 국도에서 동생이 들어온 마을이

아니고, 반대쪽 마을이 있어. 그쪽으로 들어와서 산 쪽으로 올라오면 그곳

에서는 여기까지 차가 들어올 수 있는 길이 있어!"

그러자,

효주가,

"역시, 당신은 나쁜 사람이야!

진작 가르쳐 주었으면 나 이렇게 고생하지 안 했을 거 아네요."

하며,

좋아서 웃는다.

그러면서,

"여보,

이제 우리 이 천국에서 영원히 같이 살아요.

나, 당신만 찾은 게 아니라,

우리 천국도 같이 찾았어요.

아~~

정말 행복해요….”

하면서 좋아서 어쩔 줄을 모른다.

신유성은,

그저 빙그레 웃고만 있다.

사람이 사는 세상에 사람들이 하는 행동들이 너무나 교활하고 역겨워서,
그리고 너무도 사회생활이 하기가 싫어 이러한 조용한 생활을 고집하고 있
는 **유성**이 정말 세상에 단 한 명뿐일 것 같은 천사를 만난 것이다.

효주는 너무 행복해서 계속 이야기를 한다.

“여보 우리 당장 여기에 예쁜 집을 지어요.

큰 집이 뭐가 필요해요.

당신과 나의 마음만 담을 수 있는 집이면 되니

오래 걸리지도 않을 거예요.”

그렇게,

행복의 꿈속을 헤매고 있는 **효주**를 **유성**이 그 꿈에서 깨워 버렸다.

“벌써,

시간이 이렇게 늦었어.

빨리 가지 않으면 내려가지 못해!”

라고 하니,

효주는

"쳇, 정말,

멋이라고는 하나도 없어!

늦으면 자고 가면 되지.

아네요?"

그러자,

유성이,

"안 돼,

여기는 춥고, 전기도 없어.

내 욕심 때문에 당신 아프게 할 수 없어!"

이에,

효주는,

"어~

당신 정말 내가 아플까 봐 걱정되어서 그러는 거예요?"

그러자,

유성이,

웃으며,

"그럼, 그것처럼 중요한 게 또 뭐가 있어!

내가 세상에서 제일 사랑하는,

우리 **효준대**."

라고 하자,

효주는 또,

"어머, 당신 지금 나보고,

사랑하는 우리 **효주**라고 하셨어요?

와~~

나, 사랑한다는 말 처음 들어 봤어요."

정말

유성이 아무리 봐도 **효주**는 귀엽고 사랑스런 여자다.

이런 **효주**를 버리고 온 자신은 정말 멍청이다. 생각하면서 피식 웃었다.

이제 날은 해가 거의 저물어 가고 있었다.

"그래, 동생,

이제 갈 준비해.

내가 같이 가 줄게."

유성이

이렇게 말하자,

효주는

"안 돼요.

날이 어두워지면 산길을 어떻게 올라와요."

하고 말하더니,

"아~

우리 오늘 읍내에서 자고 내일 올라갈까요?"

그러면서, **유성**을 본다.

그러자,

유성이,

"으이그 깍쟁이!

빨리 준비나 해."

그러자

효주는 불만이 가득한 눈으로 **유성**을 바라본 다음,

유성의 정면에 와서,

유성이 보란 듯이 피 묻은 바지를 훌훌 벗어 버리고 팬티만 입고 천천히 차에서 가져온 다른 바지로 갈아입는다.

유성은 그저 빙그레 웃고만 있을 뿐이다.

그러면서,

속으로

"우리 **효주** 하는 짓 하나하나가 모두 예쁘기만 하다."는 생각을 한다.

효주가 준비를 다 하자,

두 사람은 차에 올라탔다.

차에 올라타서,

유성이,

"정신 차리고 운전해.

뭐, 다시는 오기 싫으면 그냥 운전해도 괜찮아.

하지만,

다시 오려면,

정신 차리고 길을 기억해야 올 수 있거든."

그러자,

효주는,

아직도 불만이 가득한 목소리로,

"나 눈감고 운전하려 하거든요."

그러자,

유성이

"어, 그것도 좋은 방법,

그러면 나하고 함께 갈 수 있겠네."

하니

효주는 피식 웃는다.

그리고

어느 정도 갔을 때,

효주가,

"참!

회사 일은 궁금하지도 않으세요?

단 한 번도 물어보시지 않으시니."

하자

유성이,

"나 마지막으로 나오면서,

내가 할 일은 여기까지다. 라고 분명하게 말하고 나왔어.

다음은,

잘되든, 잘못되든 남아 있는 사람들 몫이야."

그러자,

효주가,

"에구,

당신은 정말 너무 무섭고 매정한 사람이야."

라고, 하니.

"우리 도로 무를까?"

하며 **유성**이 웃으며 얘기하자,

효주가,

"싫어요,

내꺼 볼 거 다 보고서….

다음에,

당신꺼 다 보고 무를게요."

그리고 나서,

효주는

"프로젝트,

정말 잘되고 있어요.

벌써,

직원이 2,000명이나 돼요."

그러자

관심이 없다던,

신유성도 깜짝 놀란다.

"뭐, 벌써 그렇게나 많아?

아~

정말 잘됐구나."

하면서 말하는 유성은 너무 기분이 좋았다.

"정말,

모두 대단한 친구들이네.

진짜, 다행이다.

할 말은 다 해 주고 나왔지만 잘못돼서 고생들을 하면 어쩌나,

하고 걱정은 많이 했는데….″

다시

효주가,

"당신 미련은 없으세요?"

하고 묻자,

"잘됐으니,

더욱 전혀!

만약,

하면서 아주 어려움에 처했다면,

그래서 고생들 한다면,

그 위기에서 벗어날 수 있게 내 모든 걸 바쳐 도와줄 수는 있었겠지.

나로 인해 그렇게 되었으니."

라고 말하자,

효주는 속으로,

"과연, 우리 서방님!"

하면서 즐겁게 핸들을 잡는다.

이윽고,

차는 마을을 벗어나 국도변까지 왔다.

유성이 **효주**에게 차를 세우라 한다.

그러자,

효주가

"왜요?

나 그냥 서울까지 함께 가려 했는데,

안 돼요?"

하며,

애교를 부린다.

"안 돼!"

하고 **유성**이 강하게 얘기한다.

할 수 없이 **효주**는 국도 입구에서 차를 세운다.

그러다가,

뭔가 생각난 듯

차 안에서 핸드폰을 꺼내 **유성**에게 주자,

유성이

"크크 나에게 족쇄를 채우려 하는 것 같은데,

에구, 미안해서 어쩌나,

그곳에는 전기도 없어 충전도 못 시켜!"

하고 얘기하자,

효주는,

"아차, 그렇구나."

하면서 할 수 없이 차에다 도로 넣는다.

그러면서도,

헤어지기가 싫은 듯,

계속 말을 한다.

"또 바람같이 사라지려고 하는 것은 아니겠죠?"

하자,

유성이,

"글쎄?

아마 **신유성**은 사라져도

우리 꾸러기 서방님은 아마도 사라지지 못할 것 같아!"

하자,

효주는,

유성의 입에 뽀뽀를 쪽 한 다음,

"내려요."

하며

문을 열어준다.

그리고

유성이 내리자,

창문을 열고,

큰 소리로,

"저 다음 토요일에 올 거예요."

라고 말하고,

유성이 무슨 말을 하려고 하자 바로 창문을 닫아 버리고,
차를 출발시킨다.

그런데
바로 차가 다시 후진을 하면서 오기 시작한다.
유성이 웃으며,
의아해하면서,
이번엔 또 뭐지?
하며 생각하는데,

앞에 와서 차를 멈춘
효주가 급하게 차에서 내리더니,
"여보,
정말 나, 오늘 못 가겠어요."

그러자,
유성이
"또, 이번엔 무슨 꾀?"
하고 웃으니,
효주가,
"아~ 정말 큰일 날 뻔 했어요.
부모님께, 인사도 못 드렸잖아요."
그러자,
유성이 웃으며

"이번 토요일에도 온다면서?

그때, **효주**가 맛있는 거 많이 해서 갖다 드리면 아마 좋아들 하실 거야."

그러자,

효주도

"그렇겠네요. 지금은 아무 것도 없으니~

알았어요.

그럼, 여보 나 갈께~~"

하면서

기분이 좋은지

밝게 웃으며 다시 서울로 출발했다.

유성은 빙그레 웃으며

효주의 차를 한참동안 바라보며 그 자리에 서 있었다.

19. 행복의 나라로

임원회의를 마친,

효주는

"이제 제가 중요한 말씀을 드리겠습니다.

앞으로 저는 회사의 일을 더 이상 못 할 것 같습니다."

그러자,

모든 임원들은 놀라서 멍하니 **효주**만을 쳐다본다.

지금,

회사는 승승장구 하고 있고,

항상,

계획보다 기대치를 웃도는 실적을 올리고 있으며,

제계에서도 많은 주목을 받고 있는 것은 물론,

정부에서도,

지금과 같은 경제 위기 상황에

재래시장의 활성화는 물론,

모두가 발전 가능성이 높은 새로운 아이템으로 활발하게 나가고 있는

신설회사에 많은 관심과 기대를 갖고 있으며,

또한,

취업을 하려는 젊은 세대들도,

시작한 지,

불과

1년밖에 되지 않는 신설회사에 서로 입사하려고 하고 있다.

이러한,

회사의

최고 경영자인 **남효주** 회장이 그만두겠다 하니 당연히 놀라는 분위기이다.

남효주의 이야기는 계속되었다.

"이 프로젝트는

최초,

신유성 씨에 의하여 만들어졌습니다.

그리고

신유성 씨는 여기 계신 모든 분들의 능력을 믿고 미련 없이 떠났습니다.

그리고

우리는 지금까지 모두가 한마음으로,

현 우리 사회의 **거친파도**를 헤치며

우리의 '**해적선**'은 여기까지 순항하여 왔습니다.

이제,

더 이상

우리의 **해적선**의 순항을 방해할 **거친파도**는 없을 것입니다.

아니,

설사 엄청난 **거친파도**가 노도와 같이 밀려온다 하여도,

지금까지 우리 '**해적**'들이 보여 준,

하나로 뭉쳐진 일사불란한 힘이면, 거침없이 물리칠 수 있을 것입니다.

우리는,

지금까지 어떤 어려움이 닥쳐도 하면 된다는 마음 하나로 그 어려움을 항상 즐겁게 물리쳐 왔습니다.

우리들의 회사는,

지금까지 운영하여 온 것을 보아서 아시듯

어느 누구의 회사도 아닙니다.

바로 우리 모두의 회사입니다.

다시 한번

우리의 **해적선**이,

얼마 안 있으면,

전 세계의 바다를 힘차게 누빌 수 있다는 것을 확신하며,

저는 이만,

정이 가득 든 우리들의 회사와 작별을 고하겠습니다.

그리고

마지막으로,

우리 '**해적**'들이 의아하게 생각하시는,

그 이유는,

우리를 냉정하게 버리고 간 **신유성** 씨를,

평생,

혼내 주고, 괴롭히기 위하여 떠나갑니다.

여러분

그간 정말 감사했습니다.

그리고

사랑합니다."

이렇게,

남효주의

작별인사가 끝나자,

또다시

모두가 깜짝 놀라면서 술렁이고 있다.

"**유성**이 형님을 만나셨어요?"

"어디서 무엇을 하시고 계세요?"

"잘 지내고 계세요?"

헌데,

가장 큰 관심의 주인공은,

성지하였다.

"어? 언니가 **유성** 씨를 만났는가 보네."

약간 질투도 났지만 기쁘기도 하였다.

이제는,

모두 **남효주**의 사직보다 **신유성**의 근황이 궁금한 모양이었다.

남효주가 다시 입을 열었다.

"기적이라는 것이 있기는 있는 것 같아요.

우연히, 정말 우연히,

그 기적을 만날 수 있었어요.

그 기적을 만들어 준 사람은,

바로,

우리 **성지하 씨**랍니다."

하면서,

성지하를 향하여,

"**지하**야, 정말 고맙다."

하며 울먹였다.

남효주의

그 말에,

성지하는,

"언니, 아주 잘됐어요.

정말, 정말 축하해요."

하면서

그녀도 울먹인다.

그러면서,

효주는

"우리 **해적선도**

거친파도를 타고 여기까지 왔지만,

나 역시,

지하가 어디쯤에서 **신유성** 씨를 보았다고 하여

그때부터 나도 **거친파도**를 타기 시작하였답니다.

근처,

마을마다 돌아다니고,

근처 산마다 올라가고,

그리고

매일 매일 지쳐서 쓰러지고,

그러다,

산 넘어 산에서 꼭꼭 숨어 사는 **신유성** 씨를 만날 수 있었답니다."

모두들 다시 한번,

"얼마나 힘들었을까?"

하면서

남효주의 인내와 용기에 감탄할 수밖에 없었다.

전체 임원회의는

남효주의 작별인사로 처음에 모두 울먹였지만,

신유성의 등장으로,

그리고

남효주의 작별이

신유성과의 함께하는 삶으로 이어졌기 때문이라는 말에

이제는 모두 축하의 장이 되어 버렸다.

그때,

무인수납장치의

김성우 사장이,

"지금,

팀장님은, 아니,

형님은 어디 계세요?"

하고 물었다.

그러자,

남효주는

"어 이건 비밀인데,

나, 나중에 혼나면 책임져요."

하면서, 웃으며,

"청주 근처에 계세요."

하자,

김성우는,

"아~ 가까운 데 계시네요."

그러자,

이번에는

파워레디를 맡고 있는,

박상철 사장이,

"그럼 **회장**님,

유성이 형님에게는 언제나 가세요?"

하면서 물었다.

그러자,

남효주가

"크~ 이것도 비밀인데."

하면서,

"이번 토요일에 가기로 했어요."

그때,

앞에서,

성지하가,

"언니, 이번에 갈 때

나도 데려가면 안 돼?"

하기에,

남효주가,

"왜? 가고 싶어?"

라고 하니

성지하가,

"네, **신유성** 님 뺏으러 가려고."

라고 얘기하자,

전체가 웃음바다가 된다.

이때,

박상철이,

"이번에 가실 땐,

저희도 함께 가도록 하시죠."

하고 제의를 하자,

모두들,

그렇게 하자고 난리들이다.

모두들,

어디 있는 줄 몰랐을 때는 어쩔 수 없었지만, 이제 어디 계신 곳을 아는데,

찾아뵙지 않는 것은 **신유성** 님이 항상 말씀하신 신의나 도리에 어긋나며 그리고 절대로 있을 수 없는 일이라 하면서,

그날 모두 함께 가자고 조르고 있다.

그러자,

남효주가,

"여러분 말씀은 맞지만,

지금 **신유성** 씨가 있는 곳은 첩첩 산중에 전기도 없는 작은 농막에서 그야말로 원시인 같은 생활을 하고 계십니다.

그러니 여러분들이 불쑥 가시면 많이 난처해하실 것 같네요."

라고 말하니,

김성우가

"**회장님**,

아닙니다.

그렇다 하면 우리는 더욱 가서 뵈어야 합니다.

형님은 그렇게 고생하시는데,

우리는 형님이 만들어 준 평온과 풍요를 누리고 있습니다.

설사,

형님께서, 난처해하고 야단을 치시더라도 우리는 가서 뵙는 것이 도리이고 의리입니다."

라고 이야기하자,

이번엔,

박상철이,

"김 사장 말이 절대로 맞아요,

형님이 계시는 곳을 아는데 못 간다면 우리는 그 고통스런 마음으로 형님이 만들어 준 회사에서 도저히 일을 할 수가 없습니다."

라고

두 사람이 강하게 얘기들을 하자

다른 임원들도,

하나같이 두 사람의 말에 찬성을 한다.

그때,

파워레디의 임원으로 있는 **소경환**이 나선다.

소경환은

"이번 주 토요일이라고 하셨죠?

이번 주 토요일에,

저는 동창들의 모임과, 친척의 결혼식이 있어요.

하지만,

그보다 중요한 것은 형님을 뵙는 것이기에 저는 모든 계획을 다 취소하고 형님을 뵈러 가도록 할 것입니다."

남효주는 고민에 빠지고 말았다.

"어떻게 하여야 될까?

우리 가족들의 마음도 모두 진정성이 가득한 마음들인데,

그래!

모두 그 사람을 생각하는 마음에서 하는 말들인데,

이것을 무시한다면 어쩌면 그 사람을 위해서도 좋은 일은 아닌 거 같다.

그래, 함께 가자."

이렇게 결정한,

남효주는

"좋아요, 토요일 날 우리 모두 함께 가도록 해요."

그러자,

모두들 좋아하며 박수들을 치면서

오늘의 회의는 끝을 맺었다.

다음 날,

김성우의 사무실에,

최초의 남자팀과 '**우리동네**' 대표인 **유영화**가 함께 했다.

김성우가 먼저 말을 시작했다.

"오늘 우리가 이렇게 모인 것은 형님이 어려운 생활을 하시는 것 같아 이번에 가는 길에 무언가는 준비를 하여야 될 것 같아 모였습니다."

그러자,

박상철이,

"그렇습니다.

형님이 전기가 없는 것은 물론,

작고 낡은 농막에서 기거하시면서 사신다는 것이 너무도 가슴이 아픕니다.

마치,

우리가 죄를 짓고 있는 기분입니다.

그래도,

다행인 것은,

회장님이 가시면 작은 집을 지으시겠다고 하셨으니,

그동안이라도 편히 계시려면, 텐트 식으로 된 캠핑용 간이 주택과 야외 발전기와 기타 생활용품 등을 준비해 드렸으면 좋겠습니다."

그러자 모두들 좋다고 하면서,

각자 준비했으면 좋을 것 같은 것들을 얘기한다.

그리고

서로의 회의가 끝나자,

'**우리동네**'의 대표인,

유영화가,

"참, **신유성** 씨도 대단하지만,

모든 것을 버리고

사랑을 찾아 떠나는 **남효주**가 안됐으면서도 너무나 부러워요."

그러자,

이정근이,

"사장님도,

'**우리동네**'는 저 주시고 사랑 찾아 떠나 보시죠!"

하니,

유영화가,

"이 이사님이 나와 함께 떠나 볼까요?"

하니,

웃음바다가 되고 만다.

이렇게,

모두는 그동안 **신유성**에게 죄를 진 기분으로 살아왔는데,

이제 찾아가 볼 수 있다는 기쁨에 모두 밝고, 환한 표정들을 짓고 있었다.

모두가 기다리던 토요일 오전,

오늘은 늦은 봄의 화창함이 느껴지는 날이다.

파워레디 사무실 빌딩 앞에서 일행들은,

약속시간보다 일찍 나와 모두 기대감과 행복한 마음으로 **신유성**이 있는 청주로 출발하기 위하여 **남효주**를 기다리고 있었다.

약속시간에 도착한,

남효주는 생각보다 많은 일행들과 차량을 보고 깜짝 놀랐다.

"무슨 차가 이렇게 많지?"

차에서 내린,

남효주가,

"무슨 차가 이렇게 많아요?"

하고, 물으니,

박상철이,

"네, 형님이 필요하실 거 같은 거 조금 준비했어요."

라고 대답하자,

남효주가,

"에이구, 형님이 놀라시겠네요."

하며 웃더니

"자, 이제 출발들 하시죠."

하며, 출발을 하였다.

남효주 차에도,

"그곳에서 있으면서

두 사람에게 필요한 것이 운전석만 빼고 잔뜩 쌓여 있었다.

차는 토요일이라,

지방 내려가는 차들이 평소보다 조금 붐비는 것 같았다.

그러나

국도로 들어서자 아주 한산하여 금방 마을에 도착하였고, 마을에 도착하자, 차량 대열을 본 마을 주민들은 놀라면서 조금은 이상한 눈으로 쳐다보기도 하였다.

드디어,

차량들은 **신유성**의 농장에 도착하였다.

밭에서 일을 하던 **신유성**은 여러 대의 차량 행렬을 보고 놀라는 표정이다.

그러자,

조금 일찍 온

남효주가 **신유성** 앞에 다가왔다.

그러면서,

"여보!"

하면서 반갑게 부르자.

신유성도 반갑게 웃으며,

"기여코,

우리 꾸러기가,

결국 아주 대형 사고를 저지르셨네."

그러자,

효주는,

"정말로, 불가항력이었어요."

그도 그럴 것이,
유성의 농장에는 지금껏 지난번 **효주**의 차 이외는 들어온 차가
단 한 대도 없었다.
다니는 것은,
고작, **신유성**이 농장 안 이곳저곳을 다닐 때 타는 자전거가 전부였다.

일행들은, 차에서 내려 **신유성**을 보자 모두 반갑게 인사들을 한다.
신유성도 처음에는 많은 차들이 들어올 때는 놀라기는 했으나,
모두가 반가운 얼굴들이기에 환한 미소를 지으며 그들을 기쁘게 맞이하
였다.

20. 아름다운 하모니

차에서 내린 일행들은,

시원하게 탁 트인 초록으로 물들기 시작한 자연의 아름다운 작품에 입들을 다물지 못하고 있었다.

그리고

모두 한마디씩을 한다.

"와~ 정말 너무 좋아요."

"아~~~ 이게, 진정 자연의 멋이네요."

"우리 회장님, 너무 부럽네요."

일행들은 우선 화물차와 각자의 차에 싣고 온 물건들을 내리기 시작했다.

물건들을 모두 내리니 정말 엄청난 양이었다.

그들은 우선,

조립식 야외 테이블 2개를 적당한 곳에 설치하고,

유성과 **효주**에게 앉아 계시라고 하고,

모두,

일부는 테이블에, 또 일부는 바닥에 앉아,

서울에서 가지고 온 커피와 음료를 마시며 담소를 나누면서,

시원한 자연을 즐기고 있었다.

이때!

김성우 그리고 **박상철** 등 남자직원들이,

유성에게 "형님."이라고 하자,

김미영이,

"우리도 이제부터 **팀장**님에게 '오빠'라고 부르겠어요."

하니,

신유성이,

"휴, 여동생들 많아지면 골치 아픈데~~"

하면서 웃자,

또,

모두들 웃음바다를 만든다.

이렇게 커피타임이 끝난 후,

일행들은,

신속하게 가지고 온 물건들을 조립하고 설치하고 빠르게 움직이고 있었다.

한 팀은,

대형 야외용 텐트를 설치하고,

또

한 팀은,

무인수납장치,

제조업체에 특별히 부탁하여 만든 간이 수세식 화장실과 샤워장을 설치하고,

또 이 시설을 위한,

간이 물탱크와 배수통 등의 부대시설 작업을 마친 일행들은,

마지막 작업인, 간이 발전시설 장치를 설치하자,

오후 2시가 넘어가고 있었다.

불과,

네다섯 시간 만에 모든 것이 끝난 것이다.

이렇게,

신속하게 마무리할 수 있었던 것은,

무인수납장치의

시설 담당 엔지니어 3명이 함께한 덕분이었다.

무인수납장치가 시설물이기에,

시설 담당자들은

이 분야 최고의 기술자들이다.

그러니,

오늘 작업한 시설은 그들에게는 아주 간단한 작업들이었다.

작업하는 과정을 계속 보고 있던 유성은,

모두에게,

미안하기도 했고, 또 고맙기도 했고, 그리고 기쁘기도 했다.

점심시간이 훨씬 지난 시간,

여자들은,

그때서야,

가져온 음식들로 점심을 차리기 시작했다.

넓은 대자연의 풀밭 위에 설치된,

간이 테이블과, 또 임시로 급조한 식탁 위에 차려진 음식과,

야외 의자와, 임시 의자로 대용할 수 있을 만한 물건 등을 놓고

그 위에 앉아 식사를 하는,

이 기분은,

아무리 최고급 식당의 식사라고 하여도,

지금의 식사와는 도저히 비교할 수도 없을 만큼 멋진 최고의 오찬을

이곳에 온 모두는 즐기고 있었다.

서로 식사를 하면서 즐겁게 담소를 하는 과정에,

누군가가,

남효주에게,

"**회장**님."이라고 하자,

유성은 놀라면서,

"**효주** 씨,

회장님이에요?"

하면서,

"나 **회장**님하고는 무서워서 못 있어요.

그냥 오늘 빨리 올라가세요."

라고 하니,

모두들 한바탕 웃음바다가 되었다.

그러자,

막내,

이미숙이

"오빠!

난, **회장**이 아니예요.

그러니, 제가 있을게요."

그러자,

장내는 또 웃음바다!

이때,

박상철이 자리에서 일어나더니,

신유성 옆에 와서,

봉투 하나를

신유성에게 두 손으로 공손하게 주면서,

"형님,

그동안 정말 고마웠습니다."

하면서,

눈물을 흘리며,

90도 각도로 깍듯이 인사를 한다.

신유성은 놀라면서,

"**상철**아 왜 그래?

그리고 이건 또 뭐야!"

라고 하니,

박상철이,

"네, 그건,

형님 은혜의 작은 보답입니다."

하면서,

"형님 그동안,

저 때문에 고생 많으셨습니다."

라고 말하자,

그때서야, **유성**은 모든 걸 알아차렸다.

그리고

박상철의 손을 잡으며,

효주에게,

"내가, 전에 이 프로젝트의 사업을 하는 목적은 단 하나다.

라고 하니,

동생이,

'그게 뭔데요?'

라고 물었을 때,

당시, 내가.

'그거는 안 가르쳐 줘!' 하니,

동생이,

'쳇.' 하며 토라진 적이 있었지?"

하자.

효주가,

"아, 맞아요.

그때, 그런 일이 있었던 것 기억이 나요."

라고 하자,

신유성은,

"그것의 정답은, 바로 지금 이것이야.

상철아! 그간 정말 수고 많이 했고, 고맙다."

라고 말하자,

이제는,

박상철이 굵은 눈물을 뚝뚝 흘리면서,

"아닙니다.

형님,

형님의 은혜는 아직,

만분의 일도 갚질 못했습니다.

저 때문에,

형님께서 얼마나 고생 많이 하셨습니까?

저는 평생 형님의 은혜를 갚을 작정입니다.

당시 형님의 도움이 없었다면,

지금도 저는 아마 암흑 속을 헤매고 있었을 것입니다.

다시 한번 진심으로 감사드립니다."

그렇게 말하며 **박상철**은 계속 눈물을 흘리고 있었다.

신유성은,

그러한 **박상철**의 등을 두드려 주면서,

"그래, **상철**아,

너의 그 말 하나로 모든 것은

끝나기도 하였고,

또,

시작도 하였단다.

이제,

나에 대한 것은 말끔히 잊어버리고,

사노라면,

당시, 자네와 같은 처지에 고통을 받는 사람들은

이렇게,

지금과 같이

거친파도와 같은 사회에서는 수없이 많이 만날 수 있다네.

그때,

그런 사람들에게, 도움을 줄 수 있는 **박상철**이 된다면,

나는, 더 이상 자네에게 바랄 것이 없다네."

라고 말하자,

박상철은,

"형님 말씀, 꼭 명심하겠습니다."

하며,

자기의 자리로 돌아갔다.

함께한 모든 사람들은

오늘,

그 어디서도 볼 수 없는 벅찬 감동과 환희를 느끼며,

정말 값지고 보람 있는,

그리고

기쁨이 가득한 하루를 보내고, **서울로 돌아갈 수 있었다.**

돌아가는 그들에게

신유성은

"모두들 와 주어서 고마웠네.

이제,

이곳은, 우리 **해적**들의 영원한 휴식처가 될 수 있도록,

화려하진 않지만,

아름답게 만들어 놓을 것이니,

언제나

모든 직원들이 자유롭게 와서 쉬도록 하게."

하면서,

그 무엇보다도 값진 선물도 '**해적**'들에게 선물하였다.

서쪽 하늘에 떠 있는 태양은,

더 이상 내려가기 싫은 양,

두 사람의 얼굴을 비추고 있었다.

유성의 손을 꼭 잡은,

효주는,

"여보,

오늘 효주에게 예쁜 아가 하나 만들어 줘요, 네?"

유성의 손에 힘이 주어지고 있었다.

이렇게

유성의 귀에는,

세상에 그 어떠한 노래보다도 예쁜 효주의 애교와

또 하나의 아름다운 음악이 들려오고 있었다.

발레 극,

「코펠리아」에 나오는,

마치

효주와 똑 닮은 장난꾸러기 여주인공인 **"스와닐데"**가 경쾌하고 장난스럽게 추는 발레음악이~~~

이렇게,

거친파도 속의 하모니가

신유성의

귀를 행복하게 하여 주고 있었다.

거친파도 속의
하모니 ❶
행복의 나라로

ⓒ 신형범, 2023

초판 1쇄 발행 2023년 5월 1일

지은이   신형범
펴낸이   이기봉
편집   좋은땅 편집팀
펴낸곳   도서출판 좋은땅
주소   서울특별시 마포구 양화로12길 26 지월드빌딩 (서교동 395-7)
전화   02)374-8616~7
팩스   02)374-8614
이메일   gworldbook@naver.com
홈페이지   www.g-world.co.kr

ISBN   979-11-388-1850-6 (03810)

- 가격은 뒤표지에 있습니다.
- 이 책은 저작권법에 의하여 보호를 받는 저작물이므로 무단 전재와 복제를 금합니다.
- 파본은 구입하신 서점에서 교환해 드립니다.